I got a cheat ability in a different world, and became extraordinary even in the real world.
異世界でチート能力《スキル》を手にした俺は、現実世界をも無双する 13
～レベルアップは人生を変えた～
「ん？　じーっと見て、どうしたんだい？」
Character
神崎凜
かんざきりん
王星学園に通う、優夜のクラスメイト。周囲の女子たちが優夜に惹かれているのを察し、時にちょっかいを出しながらも、状況を楽しんでいる

「これがアイドルというものの本質なのですね……」
Character
メルル
エイメル星からやってきた異星人の少女。優夜の遺伝子を母星に持ち帰るという任務のために王星学園に通っているが、アイドル計画には意外と前向き
「ステージ。悪くない、かも」
Character
ユティ
優夜と一緒に暮らしている、今は亡き『弓聖』の弟子だった少女。規格外の身体能力を誇り、ステージ上でもその才能を遺憾なく発揮する
「歌って、踊るの……すごく楽しい！」
Character
風間楓《かざまかえで》
王星学園に通う、優夜のクラスメイト。レクシアたちがスクールアイドルに立候補する様子を見て、自身を奮い立たせてアイドル計画に参加する

「何事も挑戦することが大切よね！」
「す、少し、恥ずかしいと思ってしまうのは私だけか……」
Character
レクシア・フォン・アルセリア
優夜が通う王星学園に留学している、アルセリア王国の王女。優夜が責任者を務めることになったスクールアイドル計画に、いち早く参加を表明する
Character
ルナ
レクシアと一緒に王星学園に留学することになった護衛の少女。シャイな性格ではあるものの、レクシアたちに負けじとアイドルステージで奮闘する
王星学園アイドルステージ

「この度、ご主人様にお仕えすることになりました、冥子と申します」

Contents

I got a cheat ability in a different world, and became extraordinary even in the real world.13

Character

冥子《メイコ》

死後の世界【冥界】で暴走していた少女。優夜によって呪縛から解き放たれ、自身の膨大な"妖力"を彼に吸収された後、優夜の『メイド』になる

異世界でチート能力《スキル》を手にした俺は、現実世界をも無双する13

～レベルアップは人生を変えた～

美紅

ファンタジア文庫

3290

口絵・本文イラスト　桑島黎音

異世界でチート能力《スキル》を手にした俺は、現実世界をも無双する13
～レベルアップは人生を変えた～
I got a cheat ability in a different world,
and became extraordinary even in the real world.13
Miku illustration:Rein Kuwashima

プロローグ

虚神《うつろがみ》との戦いから数日。

『魔聖《ませい》』オーディスは、ここ最近の激戦の疲れを癒やすかのように、【天山】にある住まいで魔法の研究に打ち込んでいた。

「理論的にはこの魔法に別の魔法を合わせれば、より強力なものになるはずだが……」

手元の用紙に事細かに何かを書き記していくオーディス。

普通に考えれば、研究をすることが疲れを癒やすことに繋《つな》がるとはとても思えない。

しかしオーディスは元々、魔法の研究が好きなこともあり、この時間が何よりも大切だった。

だが……。

「師匠ー！　なんか来たよー？」

「師匠ー！　なんか来たよー！」

庭で薬草の世話をしていた双子の弟子……ルリとリルの呼びかけにより、研究は中断することに。

「何なんだ？　一体……」

オーディスが面倒くさそうにしながら外に向かうと、ルリが手紙らしきものをオーディスに渡した。

「はい、師匠！　これが届いたよ？」

「手紙？」

「うん！　カッコいい鳥が飛んできたと思ったら、その手紙を落としていったよ？」

「うん。カッコいい鳥が飛んできたと思ったら、その手紙を落としていったね」

「一体誰が……」

手紙を受け取ったオーディスは、そこに書かれた差出人の名前を確認すると、目を見開く。

「これは……」

それからすぐに手紙に目を通すオーディスだったが、どんどん表情が曇っていった。

オーディスの異変に気付いた二人が顔を見合わせる。

「師匠？　大丈夫？」

「師匠？　何かあったみたいだね」

「……いや、大丈夫だ。すまないが、また家を空けるぞ」


「「ええ⁉」」

「せっかく帰って来たのにー？」

「せっかく帰って来たのにー！」

文句を口にする双子をよそに、オーディスはすぐに準備を整えると、家を飛び出した。

「一体……あいつは何を考えているんだ？　ひとまずウサギたちと合流しなくては……」

そして、手紙の内容を思い返しながら、ウサギの元に向かうのだった。

＊＊＊

一方、同じように虚神との戦い以降、邪獣《じゃじゅう》を狩りながら鍛錬の日々を過ごしていたイリスだが……。

「ピュイイイイイイ！」

「ん？」

剣の修行をしていたイリスの元に、突如鳥の鳴き声が響き渡る。

修行の手を止め、鳥の声の方に視線を向けると、イリスを目掛けて飛んでくる鷹《たか》の魔物……【アサルト・ホーク】の姿が。

イリスは、今自分がいる場所ではまず目にすることのない魔物の出現に驚きつつ、迎え撃つために剣を構える。

しかし……。

「え？」

アサルト・ホークはイリスと衝突する寸前、何かを落とすとそのまま急上昇し、去っていったのだ。

事態が飲み込めず唖然《あぜん》とするイリスだったが、地面に落ちているものに気づく。

「……手紙？」

首を捻《ひね》りつつ、手紙の送り主を確認すると、イリスは目を見開いた。

「これって……！」

すぐに手紙の中身を確認するイリス。

すると、オーディスと同じように、手紙を読み進めるたびに表情が険しいものに変わっていった。

「どうして今……でもこの手紙が私に届いたってことは、他の『聖《せい》』にも送られているはず……」

手紙を読み終えたイリスは、すぐさま準備を整えるとその場を後にする。

「……一体、あの男は何を考えてるのかしら？　ひとまず、ウサギたちと合流して、情報交換したほうがよさそうね……」

こうしてイリスもまた、手紙に記されていたことについて相談するべく、ウサギの元に向かうのだった。

＊＊＊

「うぅ……凜《りん》ちゃん、どうしよ～」

「アンタ、まだ言ってるのかい……」

ところ変わって、現実世界にて――。

楓《かえで》と凜は、二人そろって休日に遊んでいた。

というのも、楓がとある件で悩んでおり、その相談を凜にするためだった。

ショッピングなどを楽しんだ後、目的である相談をすべく近場のカフェに移動すると、早速楓が頭を抱えた。

「だって……だってぇ！」

「そんなに不安なら、引き受けなきゃよかったのに……」

「その……優夜《ゆうや》君が面倒を見てくれるって言うから……」

「はぁ……相変わらず分かりやすいねぇ」

「そそ、そんなことないよ⁉」

そう、楓が凜に相談したかったのは、先日、勢いで参加を名乗り出たスクールアイドルの件だったのだ。

「そもそも、何が不安なんだい？」

「そ、それは歌とかダンスがちゃんとできるかなって……」

「それは他の子たちも一緒だろう？」

「そ、そうかもしれないけど、メルルさんやユティちゃんも一緒だって考えたら……」

「あー……体育祭の時も思ったけど、あの二人運動神経すごいもんねぇ」

「レクシアさんやルナさんだって、すごく綺麗《きれい》だからさ……私なんかじゃ悪目立ちしちゃいそうで……」

「何言ってんだい！　楓だって十分可愛《かわい》いじゃないか。もっと自信持ちなよ」

「えぇ……？　そうかなぁ……」

なおも不安そうな表情を浮かべる楓に対して、凜は苦笑いを浮かべた。

「まったく……少なくとも、アタシよりは全然可愛いと思うよ。アタシももう少し可愛げがあれば、アイドルだってやれたかもねぇ」

「そんな！　凜ちゃんだって可愛いし、今からでもなれるよ！」

凜は楓とは雰囲気が異なることもあり、可愛いと言われることは少なかったが、それでも華やかな見た目をしていることに間違いはない。

だが、凜にはあまりその自覚がなかった。

「あははは！　ありがとう。でも、アイドルは似合わないと思うよ」

「そんなことないと思うんだけどなぁ……それに、凜ちゃんも運動神経いいし、絶対向いてると思うけど……どう？　やってみるつもりはない？」

「ちょっとちょっと、どうしてアタシまで巻き込もうとしてるのさ……」

凜が楓の発言に思わずそうツッコむと、楓はテーブルに突っ伏した。

「だってぇ……凛ちゃんがいたら安心できるし……」

「だから、自信持ちなって。楓も運動神経悪いわけじゃないし、歌も上手じゃないか」

「そ、そう？」

「そうそう！　それに、まだ練習は始まってもないんだ。案外やってみたら、楓にピッタリかもしれないよ」

「そうかなぁ……」

未《いま》だにどこか半信半疑な楓。

だが、相談を受けた当初よりはその表情は和らいでいた。

「何にせよ、やるって言ったからには頑張らないとね」

「そうだね……せっかくの機会だし、楽しめたらいいな」

「それに……優夜に可愛いところアピールしなきゃいけないもんねぇ」

「りり、凛ちゃん⁉」

最終的に、楓は凛の言葉で元気を取り戻すのだった。

そんな楓の様子に凛は笑みを浮かべると、手を叩《たた》く。

「さて！　あんまり根詰《こんつ》めて考えても仕方ないし、今日は思いっきり遊ぶよ！」

「そうだね……あ、そう言えば、この近くに新しいスイーツのお店ができたみたいだ

よ?」

「お、いいねぇ！　それじゃあそこに行きますか！」

こうして楓と凜の二人は、そのまま全力で休日を満喫するのだった。

＊＊＊

――――虚神《うつろがみ》の魂によって破壊された冥界と現世の境界線は確かに修復された。

だが、虚神の魂は冥界と現世の境界線だけでなく、様々な世界同士の境界線まで消滅させていたのだ。

「――――ここが、別の……」

それぞれの世界の住人たちがそれぞれの活動を始める中、一人の青年が、優夜たちの世界に降り立った。

青年の身長は低く、体格はふくよかで、全体的に丸く感じられる。

頭髪はやや薄く、目元まで伸びた髪のせいか、暗い印象を受けた。

青年は息を殺すように周囲を見渡す。

「お、俺が……この世界を乗っ取らないと……」

誰にも見向きもされない青年だったが、まるで何かに恐怖しているようだった。

彼は震える手を見つめ、小さく呟《つぶや》く。

「……この世界にとっての異物は……俺だ。でも、やらないと……そうしないと、皆が……！」

歯を食いしばる青年は、やがて一つの決意を固めると、前を向く。

そして、人ごみに紛れるように、消えていくのだった。

第一章 『聖』たちの集い

「ただいま～……」

「おお、戻って来たか！」

俺が冥界から無事に帰宅すると、空夜《くうや》さんが出迎えてくれた。

「うむうむ。向こうでの様子は、冥界にいる麿《まろ》の本体のおかげである程度は把握しとるぞ。そして、その娘が……」

「冥子《メイコ》と申します。その節は……大変ご迷惑をおかけしました……」

冥子は、空夜さんの本体と冥界で出会っており、今目の前にいる空夜さんが現世にいる思念体であることは事前に伝えてあった。

そして冥子は、冥界では自分の力で迷惑をかけたからと、俺を含め、たくさんの人に謝罪していたのだ。

……俺たちは気にしていないと伝えても、冥子本人からしてみればそうはいかないのだろう。

「よいよい。すでに謝罪は受け取っておる。何より、其方《そち》にはどうしようもなかったことじゃ。麿としては、こうして無事に過ごせるだけで十分じゃよ」

「……ありがとうございます」

空夜さんの温かい言葉に、冥子は深々と頭を下げた。

そんなやり取りをしていると、ナイトたちもやって来て、俺の胸に飛び込んでくる。

「わん！　わんわん！」

「ぶひっ！」

「ぴぃ！」

「おっとと……みんな、ただいま」

「わふ！」

俺の顔を舐《な》めるナイトを撫《な》でていると、続いてオーマさんもやって来た。

『フン、どうやら冥界の問題は片付いたみたいだな。ただ、妙なものを引き連れているようだが……』

「あ、紹介しますね。この子は……」

「――この度、ご主人様の元でお世話になります、冥子と申します。ご主人様とは魂の契約で繋《つな》がっておりますので、これからは一緒にこの家で生活させていただければと……」

そう言い終えると、冥子は深々と頭を下げた。

『ここに住むかどうかを決める権利は我にはないが……魂の契約？　どういうことだ？』

「えっと……冥界で問題が起きていたのは知ってますよね？」

『それはな。理由は知らんが……』

「……その理由こそが、私なのです」

冥子は声を落としながらも、自身のことについて説明した。

自分が冥界に封印されていたということ、そして、自分が冥界の大罪人たちの悪意が結晶化した存在だということを……。

「私には、冥界を壊したいだとか、そんな気持ちは一切ありませんでした。ですが、そんな私の意思とは関係なく、この身に宿る妖力が暴走してしまったのです……。私の妖力には冥界の大罪人たちから凝縮された凶悪な悪意が込められているので……放置されていれば、冥界だけでなくこちらの現世の世界にも大きな影響を与えていたでしょう」

『むぅ……妖力とやらは未だによく分からんが、それは大丈夫なのか？』

「その心配はごもっともだと思います。ですが、ご主人様のおかげで……私の身に宿っていた妖力は、すべてご主人様の身体《からだ》に吸収されました」

『何をやっとるんだ貴様は⁉』

冥子の話を聞き終えたオーマさんは、驚愕《きょうがく》の表情で俺を見つめた。

『元々ユウヤにも宿っているその妖力とやらは、ある程度危険なもののはずだ。それも、そこの……冥子とやらの妖力は冥界全体で問題になるほどのもので、大罪人の悪意とやらも含まれているのだろう？　それをその身に引き受けるとは……！』

「そ、その……あの時はそれくらいしか思いつかなくて……」

『だとしても、自分の身の安全を少しは考えろ！　お主に何かあったらどうするつもりだ！』

「ご、ごめんなさい……」

「わふ」

心配して怒ってくれるオーマさん。それに、ナイトも少し注意するように俺の手を優しく叩いた。

すると、俺の体内にいるクロが、呆《あき》れたように呟く。

『本当に無鉄砲だよなぁ？　ユティから俺を受け入れた時もそうだったけどよ』

「そう言えば、クロには無許可で俺の体内に妖力を入れちゃったけど、クロは大丈夫なの？」

あの時は慌てて妖力を吸収したので、俺の体内に住んでいるクロのことを考える余裕がなかったのだ。

『ああ、その点は大丈夫だぜ。元々、そこの冥子ってヤツが、俺たち【邪《じゃ》】の成り立ちに近い存在だからな。今お前の中で渦巻いている、とんでもねぇ妖力の波も、俺からすれば心地いいくらいだ』

「そ、そっか。それならよかったよ」

『むしろ、こんだけの悪意が込められてる妖力を体内に取り込んで、何の影響もねぇお前の方がすげぇよ』

「妖術に関してはまだまだじゃが、妖力を操るだけであれば、優夜《ゆうや》も相当な腕前になった。その上、元々優夜が身に付けていた力も相まって、その悪意は優夜に影響を及ぼさないようじゃな」

クロのような『邪』の力を身に付けていたからこそ、悪意を制御できているのだろうし、他にも【神威《かむい》】や【聖王威《せいおうい》】といった力がその制御に役立っているに違いない。

何にせよ、クロにとっても心地いいのなら、冥子も助けられたし、結果的によかったのだろう。……口に出すと反省してないって怒られそうだから黙ってるけどさ。

「……話を戻しますが、私の体に宿っていた妖力がすべてご主人様に吸収されたことで、元より妖力の塊のような存在であった私も、ある意味ご主人様の一部となったのです」

『それが魂の契約に繋がるわけか……』

「冥界は魂が漂う場所じゃ。じゃからこそ、そこで結ぶ契約は何よりも深いものになる。冥子の言う通り、今の冥子は優夜の一部と言ってもいいじゃろう」

「はい。ご主人様がお呼びであれば、どこへでも飛んでいくことができます」

「そんなことできるの⁉」

初耳な情報に驚く俺。

てっきり、冥子の妖力が俺の妖力に追加されたくらいの認識でしかなかったのに、まさかそんな別の能力まであったとは……！

「はい。冥界にいた頃は、私は自分自身の力を抑え込むことに精一杯で、好きなように力を振るうことはできませんでした。しかし、ご主人様が私の妖力を取り込んでくださったことにより、私は暴走を気にすることなく全力で妖力を扱うことができるようになったのです。ただ、その際はご主人様の体内に吸収された妖力を少しずつ使わせていただく形になりますが……」

「そ、それは別にいいんだけど……とりあえず、冥子に支障がないのならよかった」

こうして冥子について説明したり、彼女の能力に驚いていると、買い物に行っていたというレクシアさんたちが帰って来た。

「ただいまー！　やっぱりこの世界は面白いわね！」

「私は疲れたぞ……」

「肯定。レクシアとの買い物、疲れた……」

そこには、元気なレクシアさんと、対照的に疲れ果てた様子のルナとユティの姿が。

すると、冥子に気づいたレクシアさんが、目を見開く。

「だっ……」

「だ？」

「――――誰よその女！」

「言い方！」

レクシアさんの叫び声に思わずツッコんでしまった俺。

しかし、レクシアさんはそんな俺に構わず、詰め寄ってくる。

「ユウヤ様、そこの女は一体誰なの⁉」

「え、えっと……」

「ユウヤ。私にもぜひ教えてもらえないか？」

「ルナまで⁉」

さっきまで疲れ果てていたはずのルナも、レクシアさんと同じように俺に詰め寄ってきた。

そんな二人の様子に慌てていると、冥子が綺麗《きれい》なお辞儀をする。

「この度、ご主人様にお仕えすることになりました、冥子と申します」

「メイコ？」

怪訝《けげん》な表情を浮かべるレクシアさんたちに、俺は冥界での出来事を説明した。

「私たちが買い物に行っている間にそんなことが……というか、ユウヤはいつも何かに巻き込まれているな？」

「そうだね……」

俺としては平和な毎日を過ごしたいだけなんだけど……。

そんな風に思っていると、顔を俯《うつむ》かせているユティに気づく。

「師匠……」

それは、俺が冥界で出会ったユティの師匠……『弓聖《きゅうせい》』のアーチェルさんについても伝えたからだった。

悲し気な表情を浮かべるユティに対し、俺は顔を覗《のぞ》き込むように真っすぐユティを見つめた。

「ユティ。アーチェルさんは、いつもユティのことを想《おも》っていたよ。それに……アーチェルさんほど頼りにはならないかもしれないけど、俺もいる。だから……」

「――――大丈夫」

ユティは俺の言葉を遮ると、少し寂しそうにしつつも、微《かす》かに微笑《ほほえ》んだ。

「感謝。ユウヤ、ありがとう」

「そうよ！　今は私たちもいるんだし、心配しないで！」

「邪魔。放してほしい」

「邪魔って何よ⁉」

レクシアさんがユティを抱きしめながらそう言うと、ユティは途端にいつもの調子に戻った。

「まあいいわ。結局、ユウヤ様がいつも通り活躍したってことよね！」

「そ、そんな軽い話でもないんですが……」

「それよりも、メイコ！」

「は、はい？」

いきなり指をさされたことに困惑する冥子《メイコ》に対し、レクシアさんは気にせず続けた。

「貴女《あなた》がユウヤ様に助けられ、その恩義としてユウヤ様の侍女になったのは理解したわ。だからこそ！　貴女はユウヤ様の未来の奥様である私にも奉仕しなさい！」

「みっ……未来の奥様⁉」

「レクシアさん⁉」

まさかの発言に一同が驚く中、冥子はレクシアさんの言葉を真に受けたようで衝撃を受けていた。

「これは大変な失礼を……！」

「違うよ、違うからね⁉　レクシアさんとはそういう関係じゃ――――」

「そうだぞ。レクシアが一方的に言い続けてるだけだ」

「何よ！　いつかそうなるんだからいいじゃない！」

「お前のその自信はどこから来るんだ……？」

何とか冥子の誤解を解きつつ、改めてレクシアさんたちの紹介を終えると、何だかんだレクシアさんたちは冥子のことを受け入れてくれた。

「今日の買い物でも思ったけど、やっぱり侍女がほしいと思ってたのよね！　これからはメイコに色々お願いすることになるかも！」

「あんまり迷惑をかけるんじゃないぞ？　メイコは私たちと違って、この世界に来たばかりなんだから……」

「せ、精一杯頑張ります！」

「応援。大丈夫、私たちもサポートする」

ユティとルナの言葉に安堵《あんど》の息を吐く冥子。

すると、レクシアさんは何かを思いついたようだった。

「そうよ！　メイコは侍女、こっちの世界で言うところのメイドなんでしょう？　それなら私が、メイコのメイド力を見てあげるわ！」

「め、メイド力？」

何だろう、その力。

聞き慣れない言葉に首を捻《ひね》っていると、ルナが呆れたようにツッコんだ。

「レクシア……お前、何を言ってるんだ？」

「何かおかしいかしら？　だってメイコは、これからこの家のメイドとして働くわけでしょ？　それなら、本当にメイドとしてやっていけるだけの力があるのか調べる必要があるとは思わない？」

「い、いや、レクシアさん。何もそこまでしなくても……」

「いいえ、ご主人様。その挑戦、受けて立ちます！」

「冥子⁉」

まさか冥子がレクシアさんの挑戦を受けるとは思わず驚いていると、同じように成り行きを見守っていたオーマさんがため息を吐《つ》いた。

『はぁ……ひとまず大事な話は終わったな？　ならば我はもう行くぞ』

「わ、わふ」

「ぶひー」

「ぴ」

「そ、そうじゃな。ここらで麿《まろ》も退散するとしようかのぅ」

「ええ⁉」

空夜《くうや》さんを含め、ナイトたちもレクシアさんと冥子の様子に少し引きつつ、距離を置くようにオーマさんと一緒に別の部屋に行ってしまった。

「あら、せっかくだから皆にも審査してもらおうと思ったのに……」

「審査って、何をするつもりなんだ？」

「まずは料理ね！　私も花嫁修業の成果を見せたいし、私とどっちが料理上手か、勝負よ！」

「……おっと、私もこの場を離れたくなって……」

「逃がさないわよッ！　ユティもね！」

「不覚。レクシア、鋭い」

そろりとその場を離れようとしたルナを、レクシアさんは捕まえると、ユティにも鋭い視線を向けた。

だ、大丈夫だろうか？　レクシアさんの料理って……お、俺もオーマさんたちがいる部屋に向かいたくなってきた……！

冥子も今まで冥界に封印されてたわけで、料理なんてできるんだろうか……。

そんな心配をよそに、冥子はやる気を見せる。

「いいでしょう。私のメイドとしての力を見せてあげます！」

「なら早速、料理対決開始よ！」

「どうしてお前までやるんだ……」

こうして、冥子とレクシアさんの料理対決がスタートするのだった。

＊＊＊

台所に並ぶ二人の姿を、俺は後ろからハラハラしながら見守る。

結局ルナたちは早々に退避してしまったのだが……できれば俺も、逃げたい。

なんせ、前にレクシアさんが料理をした時は、後ろにいる俺に向かって包丁が飛んできたからね。

「だ、大丈夫かな……」

ま、まあ、あれから料理を練習したようなことを言っていたし、大丈夫だろう。

「これ、きっちり計量しないとダメなのかしら？　まあ違うものを入れるわけじゃないし、何となくでもいいわよね！」

……だ、大丈夫かなぁ。

レクシアさんのこともそうだが、未知数なのは冥子の料理だ。

冥子はそもそも気の遠くなるような長い年月、冥界に封印され続けてきたのだ。

だからこそ、料理なんてしたことないだろうし、そもそも冥界出身ということもあり、その存在が妖魔に近いからか、食事も必要ないらしい。

そうなると、冥子が料理をできるイメージが湧かないんだが……。

「……」

冥子は鬼気迫る表情で包丁を睨《にら》みつけ、今から戦地に赴くかのような気迫を溢《あふ》れさせている。

あ、あの……ただの料理にその気迫はどうなのかなと……。

だが、いざ料理を始めると、最初こそ食材を切る包丁の手付きが恐々《こわごわ》としていたが、すぐに慣れたようで、そこからは信じられないほどスムーズに調理を進めていく。

しかも、特にレシピなどは見ていないはずなのに、後ろから見ている限り、しっかり料理として成立していそうだった。

「次は……これを切ればいいんですね。フッ！」

「おお！」

なんと、冥子はいつぞやのイリスさんみたいに、食材を切る際に妖力を使って一瞬にして完了させたのだ。

正直、料理に妖力を使うのはどうかと思うけど……だ、大丈夫だよな？

やってることはかなりめちゃくちゃな気もするが、手順や手付き自体はかなりいい感じに見える。

こ、これはもしかして……？

冥子の料理の腕に希望を抱いていると、不意に俺の真横を何かが通り過ぎていった。

「へ？」

恐る恐る横に視線を向けると、壁に包丁が突き刺さっていた。

「あ！　ごめんなさい！　手からすっぽ抜けちゃって……」

「そ、そうですか……あ、あははは……」

た、たまたまだよね！　そう、たまたま……。

「うーん……なーんか色合いが地味なのよねぇ……そうだ！　ここに青色を追加して……」

あ、青色？　なんだ、何の料理を作ってるんだ……！

レクシアさんの料理が何なのか分からず、ただただ恐怖心が募っていく。

――その後も、レクシアさんの方から飛んでくる調理器具や食材に唖然《あぜん》としながらも、二人の料理が完成したのだった。

「さあ、できたわよ！」

「お口に合うといいんですが……」

「おお……」

「驚愕《きょうがく》。ちゃんとできてる」

「こりゃまた美味《おい》しそうじゃの」

二人が作った料理を俺が運ぶと、すでに並んで食卓についていたルナとユティが、目を見開いていた。

空夜さんはレクシアさんの元の料理の腕を知らないので、純粋に目の前の料理を見て、楽しそうにしている。

同じく食卓にやって来たオーマさんは、目の前に並べられた料理に驚いていた。

『ほう？　小娘共が作るというのであまり期待はしていなかったが……中々美味《うま》そうじゃないか』

「わふ！」

「ぶひ！」

「ぴぴ！」

「はは、ちょっと待ってね」

ナイトはお行儀よく待っているが、アカツキとシエルは待ちきれないのかこちらに急かすような視線を送ってきた。

それにしても……最初はどうなることかと思ったが、完成された料理はかなり美味しそうだ、レクシアさんが作った方も含めて。

冥子《メイコ》はどこでその技術を身に付けたのかと聞きたくなるほど料理中は様になっていたし、逆にレクシアさんはアレだけめちゃくちゃな調理だったにもかかわらず、今、目の前にある完成品は非常に美味しそうなのだ。

皆の前に料理を並べ終えると、早速食事を始める。

「さて、最初はレクシアが作った方から食べさせてもらおうかな」

「ふふん！　私の料理に驚きなさい！」

ルナがどこか挑発的に告げながら、レクシアさんが作ったビーフシチューを口にした。

だが……。

「むぐぅ!?」

「き、危険……！」

「え？　え？」

突然、ビーフシチューを口に含んだルナとユティが、顔を青くした。

　何とか口にしたものを飲み込むと、ルナは震えながら話す。

「く、口にした瞬間、鼻まで突き抜ける刺激臭……ば、バカな！　こんなにも外から嗅いだ時の匂いは美味しそうなのにどうして食べた時に激変するんだ⁉」

「混沌《こんとん》……。匂いだけじゃなく、味もすごい……こんなにも煮込まれているのに、素材の味が調和することなく、そのまま混在してる……」

「ええええ⁉　ちょ、ちょっと！　適当なこと言ってるんじゃないでしょうね⁉」

『こ、小娘……何をどうすればこんな料理を自信満々に出せるというんだ⁉』

「わ、わふぅ……」

　オーマさんもレクシアさんの料理を食べたらしく、普段の自信に溢れた様子から打って変わり、どこか狼狽《うろた》えていた。

「一つ訊《き》くが、これ、ちゃんと味見したんだろうな？」

「え？　味見？　しなくても美味しいでしょ⁉」

「お前馬鹿なのか⁉」

　な、何てことだ……どうやらレクシアさんは味見をしていないらしい。

　恐る恐る俺もシチューを口に入れると……う、うう……た、確かにこれは……中々個性的な味をしている……！

おかしい、材料はちゃんと地球のものを用意しているから、こんなことになるはずは……！

「何よ！　不味《まず》いって言いたいわけ？」

「信じられないなら、食ってみろ」

ルナが呆《あき》れた様子でそう告げると、レクシアさんは自身のシチューを食べる。

だが……。

「別に不味くないじゃない」

「お前の舌はどうなってるんだ⁉」

「諦念。味見してても、結果は同じだった……」

レクシアさんは、このシチューを食べても特に何も感じなかったようだ。そ、そんな馬鹿な……。

とはいえ、レクシアさんの味覚がおかしいとは思わない。

何度か一緒に食事をしているが、その時に食べた料理は美味しいと言っていたので、味に対する感性は同じはずだ。

となると……レクシアさんにとっては、美味しい料理の幅がすごく広いのかもしれない。す、すごいな。レクシアさんって王女様なのに、俺たち以上に食に対して寛容だとは……。

レクシアさんが作った料理の衝撃が残る中、続いて俺たちは冥子が作った肉じゃがを食べることに。

すると……。

「んん⁉」

「美味。すごく美味しい……」

なんと、初めて料理したはずの冥子の肉じゃがは、とても美味しかったのだ。

すると、今まで黙々と食べていた空夜《くうや》さんが、口を開く。

「ふむふむ……微《かす》かじゃが、妖力が混じっとるのぉ」

「え？」

「妖力は本来、人から忌諱《きき》される力……じゃが、それとは別に、人を魅了することもある。この料理には、妖力の人を魅了する面が大きく表れておるわけじゃ。というより、本来は人から避けられる面しか表出させることはできん。こんな風に人を魅了する面を出せるのは、長年冥界という環境で育ってきた冥子ならではじゃろう」

「な、なるほど……」

妖力にはそんな二面性が存在するんだな……。

「とはいえ、その力を差し引いても美味《うま》いと思うぞ。どこでこんな料理の腕を身に付けたんじゃ？」

「そ、その……私を形作る元となった罪人の中に、料理が得意だった人がいたのかもしれません……」

「理由は分からんが、冥子の元となると、相当な大罪人じゃ。うまくその腕を使えなかったんじゃなぁ。何はともあれ、麿《まろ》や優夜《ゆうや》はともかく、妖力は只人《ただびと》の身に悪い影響を与えることもある。扱いには気を付けるんじゃぞ」

「かしこまりました。これからはこの技術だけで頑張ります！」

どこか決意に満ちた表情を浮かべる冥子に、空夜さんは満足そうに頷《うなず》いた。

すると、冥子の料理を食べたレクシアさんが、清々《すがすが》しい笑みを浮かべる。

「……完敗ね」

「れ、レクシア様……」

「いいわ！　メイコ、貴女《あなた》のメイドとしての料理の腕を認めましょう！」

「！　あ、ありがとうございます！」

「偉そうなこと言っているが、そもそもレクシアは勝負にすらなってなかったな」

「肯定。雲泥《うんでい》の差《さ》」

「ちょっと、黙ってなさいよ！　そこまで言うんなら、ルナだってやってみなさい！」

「はあ？　何故《なぜ》私が……」

　突然のレクシアさんの言葉に、眉を顰《ひそ》めるルナ。

　しかし、レクシアさんは気にせず続ける。

「確かにルナは私の護衛だけど、従者でもあるのよ？　なら、メイコと勝負してもおかしくないじゃない」

「だとしても、私はやるつもりはないぞ」

　頑《かたく》なに頷こうとしないルナに対し、レクシアさんは笑みを浮かべると、耳元でそっと囁《ささや》いた。

「……私、ルナも花嫁修業してるの知ってるんだからね？」

「なっ⁉　ど、どこでそれを⁉」

　ルナの顔色が一気に変わった。

　……ここからじゃ聞こえないけど、何を言われたんだろう？

「さぁて、どうする？　私としては、ユウヤ様にバラしてもいいのよ？」

「え？　お、俺？」

「そ、それは……」

「いいじゃない。せっかくなんだし、ここで一度、腕を確認してみるってのも！　ね？」

レクシアさんにそう諭されたルナは、しばらく考え込む様子を見せたが、やがて渋々頷いた。

「……いいだろう。そこまで言うのなら、やってやろうじゃないか」

「そうこなくっちゃ！　というわけで、メイコには悪いけど、もう一戦してもらうわ！」

「そ、それは問題ありませんが……何をするのでしょう？　お食事は済みましたし……」

「なら、今度は皿洗い対決なんてどうかしら？」

「『皿洗い対決？』」

ルナと冥子は声をハモらせながら、首を傾《かし》げた。

「そうよ！　従者なら料理だけじゃなく、後片付けまで完璧であるべきでしょ？　だから、皿洗い対決よ！」

「は、はぁ……それは構いませんが……」

「それと、量が量だし、ユティも参加ね！」

まさかここで飛び火してくるとは思ってもいなかったユティは、目を見開く。

「驚愕。どうして？」

「だって、その方が面白そうじゃない」

「また勝手に決めて……」

完全にレクシアさんの独壇場となったこの状況に、ルナは頭を抱えた。

すると、食事を終えたオーマさんが口を開く。

『何だか知らんが、もう我らに用はないな』

「わ、わふ……」

「ぶひ～」

「ぴ！」

「え？　あ、皆⁉」

オーマさんはさっさと別の部屋に行ってしまい、ナイトは申し訳なさそうにしつつもそれについて行く。

アカツキは呑気《のんき》に手を振り、シエルはまるでこちらを応援するように元気よく鳴くと、これまたオーマさんの後に続いていくのだった。

「さぁて、麿も向こうに行こうかの～」

「空夜さんまで⁉」

「後は若者同士で楽しむんじゃな～」

飄々《ひょうひょう》とした様子で空夜さんも去ってしまった。

ど、どうしよう……俺も変なことに巻き込まれる前に逃げた方がいいのかな……？

「あら、皆行っちゃったわね……。まあユウヤ様だけいれば大丈夫よ！」

ダメだ、逃げ道を塞がれた……！

「というわけで、私とユウヤ様で審査するわよ！」

「いいだろう」

「……諦念。仕方ない、頑張る」

「次の試合も、勝たせていただきます！」

冥子《メイコ》とルナはやる気に満ちているが、完全に巻き込まれたユティは、深いため息を吐《つ》くのだった。

「それじゃあ……始め！」

＊＊＊

それぞれ食器を手に流し台に移動すると、レクシアさんの合図で対決がスタートした。

「料理は未知数でしたが、皿洗いであれば、要領は分かります。後は手数で攻めるだけ……！」

妖力をフル活用した冥子は、皿を次々と空中に浮かび上がらせると、その皿が落ちてくる前に摑《つか》み、一つずつ綺麗《きれい》にしては瞬《また》く間《ま》に並べていく。

す、すごい……俺はまだ妖力の扱い方をマスターしてないけど、長年妖力と共に過ごしていた冥子は、妖力を自分の手足のように自在に扱えるのか……。

「やるな。だが、私だって負けてないぞ……！」

冥子の妙技を前に、不敵な笑みを浮かべるルナ。

その瞬間、彼女は冥子と同じように皿を宙に投げたのだ。

しかし、皿は落下することなく、宙に固定される。

「こ、これは……」

「なるほど、ルナの糸で皿を受け止めてるのね」

たくさんの皿が空中で滞空している様子に一同が驚く中、レクシアさんは冷静な解説を入れていた。な、何だ、この変な状況……。

「それだけではないぞ……『流線《りゅうせん》』！」

すると、空中に固定されていた皿に、突然泡が付着していき、それらが器用に動き、皿を洗い始めたのだ！

「ど、どうなってるんだ⁉」

「あ、あれは！　別の糸に泡を付着させ、それを操ることでたくさんの皿を同時に洗う高等技術！」

「レクシアさん⁉」

何故か、レクシアさんの実況風な解説が止まらない。

「ふふふ……もちろん、いつも使っている糸とは異なり、皿洗い専用の食器に優しい素材を使っているぞ」

「さ、皿洗い専用の糸なんてあるのか……」

糸の世界は広すぎる。

ルナの言葉に、俺はただただ頬を引きつらせることしかできなかった。

こうしてルナと冥子が激しい戦いを繰り広げる中、ユティは……。

「ハアッ！」

これまた二人と同じように皿を宙に放り投げ、ユティの予知能力を駆使しては落ちてくる順に皿を的確に洗っていく。

そして一枚一枚洗い終えると……。

「『彗星《すいせい》』！」

――水切りラック目掛けて、皿をぶん投げた。

立て続けに水切りラックに向けて、正確に皿を投擲《とうてき》していくユティ。

すべてを投げ終えると、ユティは二人より早く皿洗いを終えたのだった。

「終了。私の勝ち」

「あの……ユティ？」

皿洗いを終えたユティが一息つく中、俺は彼女に声をかける。

「？　どうした？」

「皿……割れてる……」

「あ……」

当然だが、水切りラックには特殊な加工が施されているわけもなく、投げ入れられた皿はすべて割れていた。

それを見て、ユティは固まり、俺の方に恐る恐る視線を向ける。

「……恐縮。ユウヤ、怒ってる……？」

「い、いや、そういうわけじゃないけど……ひとまず、戦闘でもない限り、物を投げるのはやめようね。人に当たったりすると危ないから……」

「……肯定。気を付ける……」

しゅんとするユティに、俺はこれ以上何も言わなかった。

皿が割れてしまったのは残念だが、誰も怪我《けが》をしていないので安心した。

こうしてちょっとしたトラブルはあったものの、ついに決着がついた。


「――――お、終わりました！」


最初に皿洗いを終えたのは、冥子だった。

「くっ！　私も後少しだったのだが……！」

その隣で、本当に僅差で皿洗いを終えたルナが、悔しそうにしている。

洗い終えた皿を確認しても、二人ともちゃんと汚れ一つ残さず洗えており、文句のつけようがなかった。

「ルナは残念だったわね！」

「……次は負けないさ」

「わ、私も精進します」

ルナと冥子はそう言うと、互いに握手を交わした。

そんな二人の様子を見て、レクシアさんは満足げに頷《うなず》く。

「メイコがメイドとして優秀だと決定したわね！　というわけで、これからはよろしくね、メイコ！」

「はい、こちらこそよろしくお願いいたします！」

「あ、あはは……」

色々あったが、こうして無事、冥子はこの家に受け入れられることになるのだった。

＊＊＊

現実世界で、優夜《ゆうや》が冥界から帰還した頃。

異世界ではイリスとオーディスが、ウサギの元を訪れていた。

三人は、天界での一件の後、観測者や虚神《うつろがみ》と戦った経験から、まだまだ自身の実力が足りないことを実感したため、それぞれ修行に励んでいたのだが――――。

「ウサギ！」

《イリス？　それにオーディスも……一体どうしたというんだ？》

互いに各地で修行を続けていたはずが、こうしてイリスたちが訪れてきた状況に首を捻《ひね》るウサギ。

すると、イリスもどこか困惑した様子で口を開いた。

「実は……私たちに招待状が届いたのよ」

《招待状？　何の……》

「――【天聖祭《てんせいさい》】」

《！》

予想だにしていなかった単語に、ウサギは驚く。

「数年に一度開催される『聖《せい》』たちの祭典……まあ一種の闘技大会なわけだが……」

《何故《なぜ》だ？　前回、イリスが優勝してから、さほど時は経《た》っていないだろう？》

「だからこそ、我々も困惑しているんだ」

ウサギの言う通り、すべての『聖』が集い、それぞれの武威をぶつけ合うこの【天聖祭】で、イリスは優勝したことで『聖』の中でも最強という称号を手にしていた。

だが、その大会は『聖』たちの性質上、簡単に何度も開催できるものではない。

そして、前回の大会からそれほど時が経っていない中、こうして大会開催の旨《むね》の招待状が送られてくるのは、明らかにおかしいことだった。

《そもそも……【天聖祭】など、誰がやると言い始めたんだ？》

「『刀聖《とうせい》』よ。『刀聖』……シュウ・ザクレン」

《アイツか……》

ウサギは脳裏に一人の男の顔を浮かべると、顔をしかめる。

《アイツは前々から何を考えているのか読めん。それが気に入らん》

「そうねぇ……いつも薄ら笑いを浮かべているし、一体何を考えているのやら……私たちも、やっぱりそれが気になって……」

《……まあいい。ヤツが【天聖祭】の開催を宣言したということは一度置いておこう。それよりも、『聖』たちは集まるのか？》

ウサギが考えていたのは、『聖』たちがちゃんと集結するかどうかということだった。

というのも、『聖』はその役割上、そう簡単に身動きが取れる立場にいない。

人によっては、国の重鎮として招聘《しょうへい》されていたりと、これまで【天聖祭】の開催には様々な困難が付きまとっていた。

すると、オーディスが難しい表情を浮かべながら答える。

「そのことに関してだが……どうやら全員集まるらしい」

《何だと？　つまり、全員の『聖』たちを説得できたということか？》

「そうなるな」

オーディスが放った予想外の言葉にまたも驚くウサギ。

「『聖』たちの中で一体何が起こっているというのか……」

自分たちが修行している間に何が起きているのか、まったく分からなかった。

「何にせよ、何が起きてるのか確認するためには参加するしかないわよね」

《……そうだな。それに、ちょうど修行も一区切りついたところだ。ここらで一度、腕試しをしてみるのも悪くないだろう》

ひとまず【天聖祭】に参加する方針を固めたウサギは、獰猛《どうもう》な笑みを浮かべるのだった。

＊＊＊

冥子《メイコ》が家に来てから数日が経過した。

俺の家で一緒に暮らすようになったわけなので、冥子も学園に通いたいかと訊《き》いたのだが……。

「お気遣いいただき、ありがとうございます。ですが、私はこの家で過ごさせていただくだけで十分です。それに、ご主人様が家を空けている間、私がしっかりとこの家をお守りしますので」

……といった感じで、今はナイトたちと一緒にお留守番をしてくれているのだ。

実際、冥子にとってそれが楽しいようで、それ以上俺が何か言うことはなかった。

ただ、レクシアさんたちは少し残念そうだったが……冥子には自分のやりたいことをやらせてあげたいからね。本人が家にいたいというのなら、それでいい。

それに、冥子はその存在の成り立ちからか、見た目的に歳《とし》をとらないらしいので、学校に通いたくなればその時考えればいいだろう。

そんなわけで、冥界から帰還してからは、俺は比較的穏やかな日々を過ごせていた。

そして、今日も学校での授業が無事に終わり、家に帰ろうとした、その時――――。

「――――天上《てんじょう》君！」

「き、喜多楽《きたらく》先輩？」

教室の扉が勢いよく開かれると、そこからこの学園の生徒会長である喜多楽先輩が姿を現した。

突然の状況にクラスの皆が驚いていると、喜多楽先輩は周囲の様子など気にもせず、俺の元にやって来る。

「天上君、聞いてくれ！」

「な、何でしょう？」

「スクールアイドルプロジェクトのステージが決まったんだ！」

「………え？」

一瞬、喜多楽先輩の言葉の意味が理解できなかった。

今、何て言った？　スクールアイドルの……ステージが決まった⁉

「えええええ⁉　は、早過ぎませんか⁉」

そう俺が驚くのも無理はないだろう。

なんせ、スクールアイドルの話自体、ほんの少し前に聞かされたばかりなのだから。

「いやぁ、この前『スタープロダクション』の社長さんのところに伺ってね！　そこで色々話したら、ステージがすぐに決まったんだ！」

「いつの間に⁉　だとしても、何もかも早すぎると思うんですけど……！」

喜多楽先輩はそんな俺の様子をものともせず、笑い飛ばす。

「ははははは！　何を言ってるんだい？　思い立ったら即行動！　それが私のいいところだからね！」

「そうかもしれませんけど！　そもそも……アイドルのステージって、曲や振り付けはどうするんですか⁉」

　ステージが決まったことは理解した。だが、ステージをやるための準備は何も整っていないのだ。

　すると、喜多楽先輩はニヤリと笑う。

「安心したまえ。それもちゃんと用意してある！　ちなみに、曲はこの前の学園祭に来ていただいた歌森奏《うたもりかなで》さんにお願いしてあるし、振り付けもスタープロダクションが誇る超有名な方が引き受けてくれたんだ！」

「えええええ⁉」

　じょ、情報量が多すぎる！

「ステージに向けての練習場所も用意したから、今日から早速、そこを利用して練習に励んでくれ！」

「あ、いや、ちょっとぉ⁉」

　喜多楽先輩はほぼ一方的に話を打ち切ると、そのまま楽しそうに去ってしまった。

　ただただその光景を唖然《あぜん》と見送る俺。

　こうして、訳も分からぬまま、スクールアイドルのステージに向けての準備がスタートするのだった。

＊＊＊

クラスのざわめきが収まった後、俺は早速ステージに向けて準備すべく、動き出した。

すると、先ほどの騒ぎの際に教室にいなかったようで、亮《りょう》と慎吾《しんご》君が話しかけてくる。

「優夜ー。遊びに行かね？」

「こ、この近くに新しいゲームセンターができたんだ。一緒にどう？」

「あー……ごめん。今日からスクールアイドルの企画が動き始めちゃって……」

「も、もう始まるんだね」

慎吾君は俺の言葉に目を見開く。俺も驚いてるよ……。

「そっかー……それなら仕方ねぇな。晶《あきら》も忙しそうだったし、また今度にするかー」

「あれ？　そうなの？」

「う、うん。ただ、晶君はいつも忙しそうだけど……」

「言われてみりゃあそうだな。アイツと放課後とかに遊んだことほとんどねぇかも……」

へぇ……慎吾君と亮も晶とは遊んだことがあまりないのか。

晶、何してるんだろう？　何か遊べない理由があったりするのだろうか。

そんなことを考えつつ、二人と別れると、俺は喜多楽先輩が用意してくれた部屋に急いで向かうのだった。

＊＊＊

「えっと……皆のステージが決まりました」

『え？』

俺はスクールアイドルのメンバーになってくれたレクシアさんたちを集め、喜多楽先輩が用意してくれたレッスンルームに来ていた。

このレッスンルームは、普段は体育のダンスなどの授業の際に使われる場所で、前面が鏡張りになっており、その上バレエ用のバーまで設置されている。

そして、この場所に来る途中で、俺は喜多楽先輩からとあるＤＶＤを渡されていた。

『このＤＶＤに今回歌ってもらう楽曲と振り付けが入っているから、よろしくね！』

……とだけ俺に告げると、喜多楽先輩は再び嵐のように去っていったのだ。

すると、俺の話を聞いていた楓《かえで》が手を挙げる。

「その……この間、スクールアイドルの話が出たばかりだと思うけど、もうステージが決まったの？　というより、大丈夫なのかな……？」

「……皆の頑張り次第だと思います……」

「えええええ⁉」

当たり前だが、俺だけじゃなく楓たちにとっても急すぎる話なわけで、全員俺の言葉に目を見開いていた。

「そ、そもそも、誰か先生みたいな人は用意されてないの？」

「いないみたいだね」

「無茶苦茶すぎない⁉」

俺もそう思う。

なんせ、生徒会長は俺たちだけでこの楽曲と振り付けを身に付けろと言ってるわけだ。

だが、俺の心配を伝えても、喜多楽先輩はまったく聞く耳を持たないというか……。

『大丈夫大丈夫！　君たちならできるさ！　はははははは！』

……この調子なのだ。

「ちなみにだけど、歌やダンスをやったことある人は？」

俺の問いに、レクシアさん以外は手を挙げない。

「社交界で何度か踊りを踊ったことはあるけど……たぶん、私が考えてるような踊りじゃないのよね？」

確かにレクシアさんはアルセリア王国の王女という立場上、異世界で社交ダンスのような踊りは経験しているだろう。

だが、今回皆にやってもらうのは、アイドルとしてのダンスなのだ。方向性がまったく違うと言ってもいい。

「そうですね……まだＤＶＤの中身を確認していないので何とも言えませんが、レクシアさんの想像してるダンスとは大きく異なるかと……」

「ふむ……なら、早速歌と踊りを確認しよう」

「賛成です。ステージが決まってしまった以上、やるしかないでしょうし……」

ルナやメルルに促されたことで、ひとまず喜多楽先輩から渡されていたＤＶＤを皆で視聴することに。

部屋に備え付けられたモニターに映像を流し、ＤＶＤの中身を確認し終えると……。

「こ、これは中々……」

ＤＶＤに記録されていたダンスを見て、俺は冷や汗をかいた。

というのも、楓たちはあくまでまだスクールアイドル計画に協力してくれる一生徒でしかなく、この中の誰もダンスや歌の経験がないのだ。

なので、ある程度簡単な楽曲や振り付けなのかと思っていたのだが……。

「か、かなりアップテンポの曲だね……確かにアイドルソングとしてはすごくいいと思うけど……」

楓の言う通り、楽曲は聴いてるだけで元気が出るような、とてもいい曲だと思った。

それもそのはず、この前の学園祭に招待されていた、歌森奏さんが作詞作曲してくれているのだから当然と言ってもいいだろう。

まさか喜多楽先輩がここまで有名な人に楽曲提供をお願いしていたとは思ってもみなかったため、改めて驚いてしまう。

ただの学生にそこまでできるとは到底思えないが、あの喜多楽先輩は難なくこなしてしまうので、やはり恐ろしい……。

ともかく、俺たちがDVDを見て一番の問題だと思ったのは……。

「こ、これを踊るの？　かなり激しいけど……」

「難しそうですね……」

――スピードのある曲調に合わせせられた振り付けだった。

とてもじゃないが、素人《しろうと》がいきなり踊るにしては難易度が高すぎるような気がするのだ。

幸い、フォーメーションが変わったりするようなことはないようなので、このDVDに記録されている踊りと歌だけを覚えればいいのだが……。

　予想以上の難易度の高さに俺が顔を引きつらせていると、真剣な表情でモニターを見ていたルナが、口を開く。

「ユウヤ、もう一度だけＤＶＤを見せてくれるか？」

「え？　あ、うん」

　言われるままにもう一度映像を再生すると、ルナはその映像をじっくりと見つめ続けた。

　そして――――。

「……覚えた」

「へ？」

　予想していなかったルナの発言に、皆が目を見開いていると、ルナは突然立ち上がり、部屋の中心にまで移動する。

「ユウヤ、映像を再生してくれ」

「わ、分かった」

　再度、俺が映像を流し始めると、その映像の音楽に合わせ、ルナが踊り始めた。

　しかも、ルナは一度もミスすることなく踊りを続ける。とてもじゃないが、ダンス初心者とは思えない動きだ。

　何より、たった二回しか映像を見ていないのだ。

　だが、そんな俺の驚きをよそに、ルナは完璧に曲を踊り切ってみせたのだ。

「ふぅ……こんなものか」

「す、すごーい！　ルナさん、すごすぎるよ！」

「そ、そうか？」

　一息つくルナに対し、楓が目を輝かせて詰め寄った。

「本当にすごいよ！　本当はダンス習ってたの？」

「いや、踊ったこと自体、経験はほとんどない。だが、体を動かすのは得意だからな。この程度なら……ユティもできるんじゃないか？」

「え？」

「肯定。今のルナの動きを見て、覚えた」

「嘘《うそ》⁉」

　まさかのユティまで振り付けを覚えたというのである。

　なので、その確認も込めてもう一度映像を流すと、ルナに並ぶ形でユティも完璧にダンスを踊りきってみせた。

　そんな二人を前に、楓たちは唖然《あぜん》とする。

「す、すごすぎる……」

「こ、これが身体能力の差ですか……」

「キィー！　流石《さすが》私のルナって気持ちと、悔しいって気持ちがせめぎ合ってるわッ！」

「いつからお前の物になったんだ……」

正直すぎるレクシアさんの言葉に呆《あき》れるルナだったが、そのまま俺の方に視線を移した。

「どうだ？　私も中々やるだろう？」

「う、うん！　すごいよ！　まさかこんな簡単にダンスを覚えちゃうなんて……！」

「そ、そうか……そう素直に褒められると照れるが……と、とにかく、踊りに関しては私とユティに任せてくれ。振り付けはもう覚えたことだし、他の三人に教えることもできるだろう」

「肯定。頑張る」

いきなりステージの話が出た時はどうすればいいのかと本気で頭を抱えたが、これならもしかすると……いけるかも……!?

「それじゃあ、後は歌だね！」

「ダンスはルナとユティに負けたけど、歌なら私だってできるわ！」

「その……私はどちらも不安ですが、精一杯頑張ります！」

最初はどうなるかと思われたスクールアイドル計画だったが、こうして動き出したことで、何とかなるかもしれないと一安心するのだった。

＊＊＊

人ごみに紛れ、息を潜めるように街中を移動していた青年は、とある場面に遭遇し、立ち止まった。

「あ……」

「んしょ……んしょっと……」

それは、大きな荷物を背負い、歩道橋を上ろうとしていたおばあさんだった。

「……」

そんなおばあさんの姿を見て、青年は一瞬考え込む。

しかし、何かを決意すると、すぐさま声をかけた。

「あ、あの……手伝いますよ」

「え？　あ、ああ、ありがとう。でも、荷物も重たいし、大丈夫よ」

一瞬、青年に声をかけられたことで驚いたおばあさんだったが、すぐに優し気な笑みを浮かべる。

「いえ。こう見えて俺、力持ちなんですよ。ほら……」

「まあ！」

するど、青年は大きな荷物をおばあさんごと軽々と背負ってしまった。

青年の見た目からは想像もできないすごい力に、おばあさんは目を丸くする。

「あらあら……これはすごいわねぇ……お、重くないかしら？」

「全然。軽いですよ」

青年は優しくそう笑うが、周囲の目にはそうは映らない。

「お、おい、あれ……」

「マジかよ、よく運べるな……」

「そもそも、ばあさんもあんな巨大な荷物をここまでどうやって運んでたんだ……？」

周りの人間が驚く通り、おばあさんは漫画に出てくるような巨大な風呂敷《ふろしき》を背負って移動していたのだ。

だが、青年はそんなことすら気にせず、おばあさんを背負いながらそのまま軽々と歩道橋を渡り終える。

「せっかくなんで、目的地まで運ばせてください」

「あら、そこまでしてもらったら悪いわよ」

「いえいえ、俺がやりたいだけなんで……」

そう告げる青年の善意に甘え、おばあさんはそのまま家まで荷物を自分ごと運んでもらった。

「お兄さん、ありがとうねぇ。それにしても、見かけによらず力持ちなのね」

「そ、そうですか？」

「お兄さんみたいな優しい人に助けてもらえて、本当に助かったわ。ありがとう」

「あ……」

おばあさんの純粋な言葉を受け、青年は言葉に詰まった。

そして、顔を俯《うつむ》かせる中、おばあさんは続ける。

「せっかくだし、お茶でもどうかしら？　って……あら？」

おばあさんが一瞬目を離すと、すでにそこには青年の姿はなかった。

何も告げずに立ち去った青年は、再び街を彷徨《さまよ》い続ける。

「俺が……優しい人……？　そんなはずない……！」

悔しさを滲《にじ》ませる青年の呟《つぶや》きは、そのまま人ごみに紛れて消えていくのだった。

＊＊＊

優夜《ゆうや》がステージに向け、レクシアたちと練習をしている頃――。

「ここに来るのも久しぶりねぇ」


イリス、ウサギ、オーディスの三人は、【天聖祭《てんせいさい》】の会場である【聖谷《せいこく》】を訪れていた。

この聖谷は、とある時代の『聖《せい》』たちが強大な『邪《じゃ》』を消滅させた際に地形が変化したことで生まれた場所であり、今もなお、辺りには『聖』の気配が濃密に漂っている。

そのおかげか、この周辺には邪獣《じゃじゅう》を始め、『邪』の気配を持つ者は近づくことすらできない。しかし、その代わりに強力な魔物たちが『聖』の気配に釣られて集まってしまうことにより、優夜の住む【大魔境《だいまきょう》】に並ぶ危険地帯となっていた。

魔物たちにとってもこの土地に漂う『聖』の気配は心地よく、それでいて『聖』の力には肉体を強化する力もあるため、そんな地形を造り出した当時の『聖』たちの実力の高さが窺《うかが》えた。

そんな聖谷には、すでに多くの『聖』たちが集まっていた。

『拳聖《けんせい》』を始め、何人かの『聖』たちは『邪』によって心を支配され、すでに消滅していたが、それでもなお世界には『聖』たちが残っている。

すると、『聖』の中の一人がイリスたちに気づいた。

「イリス！」

「グロリア！　久しぶりね！」

イリスたちの元にやって来たのは、紺碧《こんぺき》の長髪に、濃紫の瞳を持つ、獣人の女性だった。右肩から先が黒い鋼の義手となっており、その身のこなしからただ者ではないと一目で分かった。

イリスからグロリアと呼ばれた女性は、ウサギたちへ視線を向ける。

「ウサギたちも一緒なんだな」

《久しぶりだな》

「子供たちは元気かね？」

オーディスの問いかけに、グロリアは笑みを浮かべる。

「ああ、元気すぎるくらいだよ。皆が遊びに来てくれたら、子供たちも喜ぶだろう」

《……人間の子供は好かん》

「ちょっと！　何てこと言うのよ」

ウサギの言葉にすかさずツッコミを入れるイリスだったが、改めて会場に集まっている『聖』たちに視線を向けた。

「それにしても、『刀聖《とうせい》』はどうして【天聖祭】を開催しようと思ったのかしらね？」

「さあ……私もそれは不思議に思っていたんだ。でもこうして集まってみて思ったが……」

「……何か狙いがあるのは間違いなさそうね」

イリスは直観的にそう感じていた。

というのも会場に着いてから、何人かの『聖』から異様な気配を感じ取っていたのだ。

そしてその気配は……今回の主催者である『刀聖』シュウ・ザクレンからも感じていた。

「ふむ……妙な気配というか……何人かからはおかしな圧力を感じるな。私たちも色々経験し、強くなったと思うのだが……」

オーディスの言う通り、イリスとウサギを含めた三人は、優夜と行動を共にする機会が多かったからこそ、他の『聖』に比べて格段に強くなっているはずだった。

しかし、この場に集まっている何人かの『聖』からは、そんな三人であっても警戒してしまうほどの妙な圧力を感じていたのだ。

こうして三人が会場の様子を観察していると、一人の男が中央に出てくる。

一つにまとめた深紫の長髪と、濃紫の瞳。日本の着流しを思わせる異国の衣服を身に纏《まと》い、腰には刀を差している。

そして顔には、感情の読めない笑みを張り付かせていた。

「……」

その男こそ、今回の【天聖祭】開催の発起人……『刀聖』のシュウ・ザクレンだった。

シュウは周囲を見渡すと、一礼する。

「この度は、突然の招集に応じていただき、感謝する。残念なことに何人かの『聖』はすでにこの世を去ってしまったようだが……またこうして多くの『聖』たちと再会できたのは、非常に喜ばしいことだ」

その場にいた何人かの『聖』は、シュウの発言に驚いた。

「何人か『聖』たちがいないと思っていたが、この世を去っているだと……？」

「あー……グロリアにはまだ伝えられてなかったわね……」

「というより、ほとんどの『聖』たちには伝えられてないな」

「イリスたちは何か知ってるのか？」

シュウの言葉に驚くグロリアに対し、イリスたちは苦笑いを浮かべていた。

本当ならば、『邪』の頂点であるアヴィスが倒されたことをすでに『聖』たちに伝え終

えているはずだった。

しかし、その後も何だかんだと優夜のトラブルに巻き込まれ、結果的にそのことを多くの『聖』たちに伝えられずにいたのだ。

「その……『邪』っているでしょ？」

「そりゃあ私たちの宿敵だからね」

「……その親玉、すでに倒されてるのよ」

「え？」

イリスの言葉に、呆《ほう》けた表情を浮かべるグロリア。

「ちょ、ちょっと待ってくれ。倒されてるって……」

《そのままの意味だ。今この世界に、『邪』は存在していない。ただ、邪獣は未《いま》だに蔓延《はびこ》っているがな》

「……」

グロリアはただ唖然《あぜん》とするしかなかった。

そんな中、シュウの言葉は続いていく。

「――何人もの『聖』が同時に亡《な》くなるというこの不測の事態。その原因は私にも分かっていないが……『邪』の存在が関係している可能性は高いだろう。そこで私は、『聖』

同士で交流を深め、結束を高める必要があると感じたのだ。そして、互いの技術を確認し合い、高め合っていくことを忘れてはならない、と」

「……」

『邪』がすでに滅んだことはシュウにも伝えられてはいなかったものの、それでも『聖』たちの交流が目的だと話すシュウに対し、イリスたちはますます怪訝《けげん》な表情を浮かべた。

《……交流するだけなら他にも方法がありそうだが……》

「一番の目的は『聖』たちの技術の確認ってことじゃないかしら？」

「だとしても、何故シュウのヤツが急にそんなことを言い出したのか……狙いが分からんな……」

三人で警戒した様子を見せていると、不意にシュウの視線が三人を捉えた。

それはほんの一瞬の出来事だったが、イリスは見逃さなかった。

「……話が長くなってしまったが、皆それぞれ忙しいだろう。早速【天聖祭】を始めよう。誰が『聖』の中で最も強い存在なのか、改めて決めようじゃないか。そして……これから、のこともね」

――こうして、『聖』たちによる【天聖祭】が始まるのだった。

第二章　【天聖祭】と不思議な出会い

これは、空夜《くうや》や冥子《メイコ》がまだ優夜《ゆうや》の家で生活を始める、ほんの少し前の、とある一日――。

――ナイトの朝は早い。

「わふ……」

ナイトはいつも同じ時間に目を覚ますと、小さな欠伸《あくび》を一つした後、自身の主《あるじ》であり、大切な家族でもある優夜の寝室に向かう。

そして、優夜の枕元に立つと、まず鳴る直前の目覚まし時計を止め、優しく前足で優夜の顔を叩《たた》く。

「わふ」

「ん……？　んー……あ、おはよう、ナイト……」

優夜はどこか寝ぼけ眼のまま、ナイトを優しく見つめた。

ナイトはそんな優夜の視線が好きで、顔を摺《す》り寄せる。

「あはは……いつもありがとうね」

「わん！」

優夜も目覚まし時計をセットしているのだが、ナイトがその目覚まし時計の代わりに、いつも起こしてくれているのだ。

目が完全に覚めた優夜は、そのまま台所に向かうと、朝食の準備を始める。

そんな優夜を見送ったナイトは、次にアカツキたちの寝室に向かった。

すると、そこにはすやすやと眠るアカツキとシエル。そしてオーマの姿が。

ナイトはアカツキの元に向かうと、前足で器用にアカツキの体を揺すった。

「わふ」

「ふごー……ふごー……」

だが、アカツキは起きる気配が一切ない。

「わふー……」

気持ちよさそうに寝息を立てるアカツキに、ナイトは仕方なさそうにため息を吐《つ》くと、そのまま優しく首根っこを咥《くわ》え、食卓まで運んだ。

そしていつもアカツキが食事をする場所まで運び終えると、今度はシエルに声をかける。

「わん」

「すぴー……すぴー……」

「わふ……」

こちらもまた、一切起きる様子のないシエル。

再びアカツキと同じように、ナイトはシエルを食卓まで運ぶと、そっとシエルの席に降ろした。

すると、料理中の優夜がそんなナイトに気づき、苦笑いする。

「あはは……ナイトには迷惑をかけるなぁ」

「わふ」

ナイトは首を横に振る。

優夜はナイトに起こされなくても自力で起きれるが、優夜を起こすこともまた、ナイトにとっては朝の楽しい日課なのだ。

それに対して、アカツキやシエルは、毎回毎回ナイトにこうして食卓まで運ばれているのだが、確かに呆《あき》れてはしまうものの、ナイトはこのルーティンを変えようとは思っていなかった。

「ナイトはお兄ちゃんだね」

「わふ？」

ナイトに自覚はなかったが、呆れながらも手を焼く様子は、アカツキとシエルの兄のように見えた。

実際、優夜はしっかり者の長男がナイトで、マイペースな次男がアカツキ。そして甘え上手なシエルが三男だと思っている。

オーマについては、遥《はる》かに年上なので、あまりそういう目で見たことはなかった。

そんなオーマだが、相変わらず自由に部屋で寝ている。

そして、このオーマを起こすのも、ナイトの役目だった。

「わん！」

『む……？　ナイトか……ふわぁ……我はまだ眠いのだ。このまま寝かせろ……』

「わん、わん！」

『いや、だから……って、おい！　我のしっぽを咥えるな！　分かった、分かったから！　自分で歩く！』

オーマのしっぽを咥え、引きずって移動するナイトに、オーマはすかさず降参すると、渋々ナイトの後に続いて食卓に向かうのだった。

その頃には優夜も朝食の準備が終わっており、アカツキたちも徐々にだが目覚め始めていた。

「ふごー……ふごっ？」

「すぴー……ぴぃ？」

「ほら、アカツキ、シエル。ご飯だから起きなさい。それと、オーマさんもおはよう」

『うむ』

「それじゃあ、いただきます」

こうして朝食を皆で食べていると、ナイトはふと昔のことを思い出した。

『創世竜《そうせいりゅう》』と並ぶ戦闘力を誇る、『ブラック・フェンリル』のナイトには、親というものが存在しない。

これはシエルやアカツキにも同じことがいえた。

アカツキはアルジェーナという世界そのものの自浄作用で自然と生まれ、シエルも『聖王』の誕生に合わせて生まれる特殊な存在である。

ならば、ナイトは一体何者なのか。

実は、アルジェーナですらナイトたち『ブラック・フェンリル』がどのようにして生まれているのか、分かっていなかった。

いきなり『ブラック・フェンリル』の幼体が出現しては、成長してその力を存分に見せつけ、気づけば忽然《こつぜん》と消えているのである。

だからこそ、オーマも『ブラック・フェンリル』の戦闘力などは知っていても、その生態系については詳しくなかった。

そして、ナイトもまた、自分がどうして突然生まれたのか、分かっていなかった。

だからこそ、生まれて間もないところを、【大魔境《だいまきょう》】の【キング・オーク】に襲われ、一方的にやられたのだ。

生まれながらにしてすでに高ステータスのナイトだったが、生まれたばかりでは『戦闘』という採るべき手段そのものを知らなかったため、本来なら負けるはずのない相手に後れを取ってしまったのである。

あのまま訳も分からず死んでいく……そう思ったところで、優夜と出会ったのだ。

それから色々あり、アカツキやオーマ、シエルといった家族もできた。

何もなかった自分に、大切な存在ができたのである。

ナイトはふと優夜に視線を向けると、ちょうど目が合った。

「ん？　どうした？」

「わふ」

何でもない、というように首を振るナイト。

朝食を終え、優夜は学校の準備をすると、登校のために玄関に向かう。

「それじゃあ、行ってきます」

「わふ！」

玄関で優夜を見送るナイト。

その後ろ姿を見つめつつ、優夜の大切なこの家をしっかり守れるよう、ちゃんとお留守番をしようと思うのだった。

＊＊＊

「わふ？」

いつも通り、地球の家で大人しくお留守番していたナイトは、不意に不穏な気配を察知した。

それは優夜でもなければ、ナイトの知る誰の気配でもない。

すると、同じように気配を察知したオーマが、片目を開ける。

『……どうやらこの家に、何者かが侵入したようだな』

「わん⁉」

「ふご？」

「ぴ？」

オーマの言葉に、ナイトは目を見開いた。

というのも、異世界にある賢者の家は、元々優夜の許可がなければ入ることすらできないため、見知らぬ人間が家に侵入するという事態はまずない。

だからこそ、つい地球の家も同じように考えてしまっていたのだが……。

『何も驚くことはないだろう？　前にメルルが侵入してきたのと大して変わらん』

「わ、わふ」

オーマの言葉に言われてみればと考え直したナイトだが、そもそも家に侵入される事態など、そうあっては困るのだ。

『まあ……今回はあの時と違い、ただの盗人《ぬすっと》のようだがな』

「ぶひ⁉」

「ぴ、ぴぃ！」

アカツキとシエルも、ようやく家に泥棒が侵入したと認識したらしく、慌て始める。

もしこれが魔物であったり、異世界の話であれば、問答無用で倒してしまえばよかった。

だが、ここは地球であり、たとえ相手が犯罪者であったとしても、大怪我をさせるようなことはできない。

そんなことをすれば、優夜に迷惑がかかる可能性があるからだ。

ただ、そんなことはオーマにとって関係なかった。

『我の寝床に侵入するとは、不愉快だな。この家に足を踏み入れたこと、後悔させてやろう……』

「わ、わん！」

オーマから不穏な気配が漂い始めると、ナイトは慌ててオーマに制止の声をかけた。

『なんだ？　何故《なぜ》止める？』

「わん、わん！」

『……主が行くのか？　まあいい。であれば、早急に対処せよ。これでは心地よく眠れぬからな』

「わ、わふぅ……」

ひとまずオーマの行動を止めることに成功したナイトは、改めて侵入してきた泥棒の気配を辿《たど》ると、そのまま気配を殺して近づいた。

すると、ちょうど部屋に置いてあるタンスを漁《あさ》っている、一人の男を発見した。

「チッ……なんだよ、この家はよぉ……無駄にでかいくせに、何も置いてねぇじゃねぇか……」

悪態を吐《つ》きながら部屋のあちこちを漁る男。

確かに優夜《ゆうや》が祖父から受け継いだ家は大きかったが、元々貧乏暮らしだった優夜の家にはテレビすらないのだ。

そして、一番価値がある物が置いてある倉庫の部屋は、洗面所の奥にあるため、中々そこを探そうとする泥棒はいないだろう。

しかも倉庫の物は、どれもとてつもなく価値がある物だが、ただの一般人である泥棒からしてみれば、ガラクタとしか思わないだろう。

そんな家を狙ったのは、泥棒にとって不運だったのかもしれない。

だが一番の不運は――――。

「――わふ」

「うおっ⁉　って……な、なんだ、犬かよ……驚かせやがって……」

男はナイトを認識し、一瞬慌てたものの、ナイトがまだ子犬であることに気づくと、胸を撫で下ろした。

「へっ……番犬のつもりか？　こんな無駄に広い家で、お前みたいな子犬がキャンキャン吠《ほ》えたところで、だぁれも気づきやしねぇんだよ。ほら、分かったら消えな。じゃねぇと――」

「グルル……ウォン！」

「があっ⁉」

ナイトは男の言葉が終わる前に、そのまま襲い掛かった。

男はとっさに腕で顔を庇《かば》うと、その腕にナイトは噛《か》みつく。

「いでででで！　て、テメェ！　は、放し――――」

「ウゥフ」

「ぐへっ⁉」

ナイトが男の腕に噛みついたまま、軽く体を捻《ひね》ると、男は簡単に床に転がされる。

一見、子犬にしか見えないナイトだが、その実オーマに並ぶ【ブラック・フェンリル】の子供であり、ただの泥棒が敵《かな》うはずがなかった。

しかも、ナイトはオーマと違い、非常に手加減も上手《うま》く、男の腕を噛みながらも、決して食いちぎるようなことはしなかった。

「な、何なんだよ、この犬は⁉」

「わふ」

ナイトは男の腕を解放すると、軽やかに飛び上がり、男の顔に前足を振り下ろした。

「わん！」

「ぶへら⁉」

手加減されてるとはいえ、それでもナイトの一撃はすさまじく、男は一瞬で気を失った。

気絶した男を確認すると、ナイトは泥棒の首根っこを咥《くわ》えたまま、家の外へと出た。

そして、気絶したままの男を引きずりながら、ナイトが向かった先は……なんと交番だった。

ナイトは無造作に男を地面に降ろすと、交番に向かって軽く吠える。

「わん！」

「ん？　って……何だこれ？」

交番から出てきた警察官は、目の前に転がされた男と、その横にちょこんと座るナイトを見て、目を丸くする。

だが、警察官はすぐに男の顔に見覚えがあることに気づいた。

「あっ！　こ、こいつは最近捜索されてた空き巣じゃないか⁉」

「わふ」

「え？　あ、おい！」

ナイトは警察官が男の身柄を確保したのを見届けると、そのまま急いで家に向かった。

以前、ナイトが引ったくり犯を捕まえた時に、犯罪者は警察に引き渡すということを覚えていたので、ナイトは今回も泥棒を交番まで届けたのだ。

一仕事終えたナイトが家に戻ると、オーマたちは相も変わらずゴロゴロとしていた。

「わふ……」

『む？　無事に終わったみたいだな』

「ふごー」

「ぴ！」

「わん」

ナイトはそんな三人の様子に呆《あき》れつつ、再び家でまったり過ごしていると、優夜が学校から帰って来た。

「ただいまー」

「わん！」

「お、ナイト！　ただいま。今日も何もなかったか？」

「……わん！」

本当は空き巣に入られたのだが、被害は未然にナイトが防止したので、ナイトは優夜に心配をかけないためにも、黙っていることにした。

その様子を見て、オーマたちも余計なことは言わないと決めたらしく、黙っている。

「そうか。いつも留守番、ありがとうな」

「わん！」

優夜に撫《な》でられたナイトは、嬉《うれ》しそうに吠える。

――――これが、ナイトの日常。

優夜が安心して学校生活を送れるように、家を守るのだ。

＊＊＊

そして、時間は今現在へと戻る――――。

ステージに向けて練習を始めて数日が経過した。

実際、喜多楽《きたらく》先輩からは楽曲と振り付けのデータ以外は何の情報ももらっていないので、そもそもステージがいつあるのかも不明であり、衣装などもどうするのか分かっていなかった。

……まあそこら辺は喜多楽先輩がちゃんと用意してくれるんだろうが……。

何にせよ、不安なことが多い中、俺たちの練習は順調に進んでいた。

「――レクシア、遅れてるぞ！」

「わ、分かってるわよッ！」

今もルナ主導でダンスレッスンが行われており、皆より少し運動が苦手なレクシアさんが、苦労しながらも頑張っていた。

最初はどうなることかと思ったが、こうして練習が進むにつれて、形になっていっている気がするので、本当にすごいと思う。

それに比べ、俺は何もすることがないというか、何もできないというか……。

喜多楽先輩はどうして俺をこの企画の責任者に据えたんだろう？　どう考えてもいるだけ邪魔のような……。

自分でそう考えて悲しくなっていると、ちょうどダンスの練習が一区切りついたようで、各々《おのおの》が休憩を始めていた。

「ぷはぁ！　水が美味《おい》しいわね！」

「ここまで体を動かすことは滅多にないですからね」

メルルはこの地球より遥《はる》かに科学技術が進歩した、エイメル星出身の宇宙人であり、普段から様々なエイメル星の技術を駆使して生活しているため、体を動かす機会は地球人より少ないのだろう。

「レクシアは曲についていくのが精いっぱいといった感じだな」

「し、仕方ないでしょー？　ルナほど身体能力高くないんだから！」

「努力。レクシアはもっと運動すべき」

「ちょっとユティ⁉　その言い方だと私がダラダラしてるみたいじゃない！」

「実際そうだろう？」

「ち、違うわよね、ユウヤ様⁉」

「あ、あははは……」

突然振られた話題に、俺は苦笑いをすることしかできなかった。

というのも、この世界に来たばかりの頃は、色々なものに興味を示していたのだが、段々慣れてくると、地球の便利な道具に……こう、堕落させられるというか……。

何より、今は冥子《メイコ》というメイドさんも家にいるため、ますますレクシアさんが家の中で動く頻度が減っていた。

ま、まあレクシアさんは異世界で普段から王女として頑張っていたわけで、この世界でくらいゆっくりしたって別にいいだろう。

「まあレクシアは置いておいて……私はカエデが予想以上に動けていることに驚いたぞ」

「え、わ、私⁉」

「肯定。カエデ、すごい」

ルナとユティに褒められた楓《かえで》は、慌てていた。

「そ、そんなことないよ！　ダンスは皆について行くのに必死だし、歌だってレクシアさんたちほど上手なわけじゃ……」

レクシアさんは確かにダンスこそ苦手そうだったが、逆に歌唱に関してはずば抜けた才能というか……まさに引き込まれるような歌声の持ち主だったのだ。

「確かにダンスは苦手だけど、歌は得意よ！　歌に関してなら、私がルナに教える側なんだから！」

「くっ……！　ここぞとばかりの得意げな顔が腹立つ……！」

「苦手。歌、難しい……」

「まあ、普段から歌い慣れてるかどうかはあるかもしれないですね」

「疑問。メルルも上手だった。よく歌うの？」

「そうですね。故郷にいた頃は、よく歌ってましたよ」

ユティの言葉通り、実はメルルの歌唱力にも驚かされたのだ。

というのも、レクシアさんとは違うタイプの歌い方で、レクシアさんが感情に訴えかける歌だとすると、メルルは正確という言葉がピッタリなほど、精度の高い歌を歌うのだ。

たぶん、エイメル星にも音楽の文化があるんだろうな。科学技術は大きく違っても、そういった文化を楽しむところは同じなんだろう。

「レクシアとメルルはともかく、少なくとも私やユティより断然上手だと思うぞ」

「で、でも、皆みたいに秀《ひい》でてた方がいいんじゃ……」

「いや、そんなことはない。カエデは歌もダンスもこのグループの中で一番バランスがいい。それは何よりの強みだ」

ルナの言う通り、楓はレクシアさんたちに比べて特段歌やダンスがすごいというわけではないが、全体のバランスがすごくいいのだ。

歌もダンスも高水準でこなせるし、何より楓の持つ明るい雰囲気は、アイドルという肩書にピッタリだなと、練習を進めていく中で実感したのだ。

そんな中、不意にレクシアさんが呟《つぶや》く。

「そう言えば……私が元々この企画に参加したのって、ユウヤ様にお世話してもらえるって聞いたからなのよね……」

「え？」

「言われてみれば、生徒会長はそんなことを言っていたな」

「あ、あの、レクシアさん？　ルナ？」

何やら不穏な気配が漂い始める中、レクシアさんの目が光ると、凄《すさ》まじい速度でこちらに視線が移動する。

「ユウヤ様！　私、ユウヤ様には私たちをお世話する義務があると思うの！」

「え、えええええ⁉」

「れ、レクシアさん⁉　いきなりそんなこと言っても、優夜《ゆうや》君困っちゃうんじゃ……」

楓がこちらをちらちら見ながらそう言うと、レクシアさんは首を大きく横に振る。

「甘いわね、カエデ！　こういう時にこそ押してくべきなのよ！」

「そ、そうなの⁉」

「そんなことないんじゃないかな⁉」

いや、実際にレクシアさんたちは頑張っているわけで、俺としてもこのプロジェクトの責任者としてできる限りのことはしてあげたいが……。

すると、黙って成り行きを見守っていたユティとメルルにもレクシアさんは訊《たず》ねる。

「二人も、ユウヤ様にお世話してもらいたいわよね？」

「？　普通。いつもされてる」

「何ですってえええええ⁉」

「いや、してないから！　してませんよ⁉」

また、確かにユティと一緒に暮らし始めたばかりの頃はアーチェルさんの過保護さの影響で、何をするにしても俺の手を借りていたが、今は自分のことは自分でちゃんとできるようになっているのだ。

……今にして思えば、あの頃は本当に大変だった……手伝ってくれた佳織《かおり》には感謝しかないな。

「ユティさんの言葉の真偽はともかく……お世話と言っても、何をしてもらうんですか？」

メルルがそう訊《き》くと、レクシアさんは不敵な笑みを浮かべる。

「それはね……マッサージよ！」

「え」

『ま……マッサージ……！』

まさかの内容に固まっていると、レクシアさんの話を聞いた皆の目が光り、一斉にこちらに視線を向けてきた。

な、何だろう……こう、肉食獣に狙われる草食獣の気持ちというか……今すぐここから逃げ出したくなってきた。

だが、そんな俺の思いを予知してか、すでにユティが出入り口を封鎖し、さらにルナは念入りに糸まで使って逃げられないようにドアを固定する始末。そ、そこまでする⁉

どう頑張ってもこの場から逃げられないことを悟った俺は、恐る恐る口を開いた。

「あ、あの！　マッサージって……か、肩もみとかですよね……？」

「何言ってるのよ！　全身マッサージに決まってるじゃない！」

「――――」

俺はただ、言葉を失った。

ど、どうする……どうすればいいんだ……⁉

皆を労《ねぎら》いたい気持ちに嘘《うそ》はない。

でも、ぜ、全身マッサージって……！　そんなの俺には無理だ！

「さ、ユウヤ様！　観念して、私たちの体を癒やしなさーい！」

「う、うわあああああ⁉」

――結局皆の圧力に負けた俺は、ただ皆の体を癒やすことだけに精神を集中させ、余計な雑念を必死に払いながら、マッサージを成し遂げるのだった。

＊＊＊

そんなこんなで順調に（？）今日の練習も終わり、帰宅することに。

すると……。

「よかった、お前たち、まだ帰ってなかったかー……って、どうした？　女子たちはやけにツヤツヤしてるが……」

「沢田《さわだ》先生!?　あ、その……色々ありまして……」

担任の沢田先生が、俺たちが使用しているレッスン室にやって来たのだ。

「それで、どうしました？」

「そうだそうだ、実は喜多楽《きたらく》のヤツに頼まれていた物が届いたから、それを伝えにきたんだが……アイツ、私に仕事を押し付けるだけ押し付けてどこかに行きやがってなー」

「は、はあ……」

「ちなみに言っておくと、お前らのステージ衣装だぞ」

『え⁉』

サラッと告げられた言葉に、俺たちは驚いた。

「喜多楽先輩が準備してくれているのは知っていましたが、もう用意できたんですか？」

「ああ。アイツ、こういうところの行動は早いからなぁ」

どこか呆《あき》れた様子の沢田先生に、俺はふと気になったことを訊ねる。

「その……この前、先生は色々喜多楽先輩に反対してたみたいですけど、手伝ってあげてるんですか？」

「そのことかー……まあ上手《うま》いことお前を取り込まれてしまったからなー」

「え？」

「……いや、こっちの話だ。それに、いつの間にかスタープロダクションとも共同で話が進んでる上に、理事長の許可ももらったって話だ。今さら一教師が覆《くつがえ》すことはできないよなー」

「喜多楽先輩、本当に仕事が早いんですね⁉」

まさか理事長である司《つかさ》さんからの許可もすでにもらっているとは……まあ逆に言うと、司さんの許可を得ないと、こんな一大プロジェクトできないよね。

「それで、届いた衣装を運び出したくてなー。喜多楽は捕まらないし、天上《てんじょう》に手伝ってもらおうかなと」

「大丈夫ですよ」

「あ、それなら私たちも手伝います！」

楓が手を挙げてそう言ってくれるが……。

「いや、楓たちは先に帰ってて」

「でも……優夜君だけに働かせるのも……」

「大丈夫。むしろ、楓たちの方が練習で疲れてるだろうしさ」

実際、俺は喜多楽先輩からこの企画の責任者に指名されたものの、これまで何も仕事らしいことができていないのだ。

だから、こういう時にでも動かないと、居心地が悪いというか……。

「まあユウヤが大丈夫だと言うのなら、お言葉に甘えさせてもらおうか」

「そうね！　せっかくだし、皆で一緒に帰るのも悪くないわ！」

「考えてみれば、私たち、この練習以外で一緒に遊んだりもしていなかったですしね」

「それなら、この後、遊びに行くのもアリじゃない？　いや、アリね！　そうと決まれば、早速行きましょう！」

「えええええ⁉」

「まったく、レクシアのヤツ……」

どうやらレクシアさんたちだけで少し遊んで帰るらしい。確かに、レクシアさんとユテイは学年自体が違うし、アイドルステージの練習以外で会話をする機会もない。

「遊びに行くのはいいが、気を付けるんだぞー」

『はーい！』

沢田先生の忠告を受けつつ、レクシアさんたちは教室を出ていった。

そして俺は、届いたという衣装を運び出す作業に向かうのだった。

＊＊＊

優夜たちのスクールアイドル計画が進行している頃。

死後の世界【冥界】には、現世との境界線が無事に修復されたこともあり、いつもの日常が戻ってきていた。

そして今日も、霊冥《レイメイ》の元に、罪人が連行されてくる。

「放せ！　この俺を誰だと思ってる！　あの葛野《くずの》一《はじめ》の息子だぞ⁉」

鬼たちによって組み伏せられている男は、自身の置かれている状況を正確に把握できていないのか、そう喚《わめ》いていた。

そんな姿を見て、鬼たちが男を黙らせようとした瞬間――。

「黙れ」

静かに、それでいて重い空気が圧し掛かった。

突如ぶつけられた凄まじい圧力に、さっきまで喚いていた男は口を閉ざすと、体を震わせ始めた。

男をそんな状態にしたのは、目の前にいる、とても幼く見える少女――霊冥だ。

霊冥は、高座で足を組んだまま罪人である男を見下ろしていた。

その姿は、優夜たちに見せることのなかった冥界の主《あるじ》としての顔であり、どこまでも冷酷な印象を受ける。

霊冥に見下ろされた男は、その視線から逃れようとするも、鬼に組み伏せられていることもあり、恐怖でまともに身動きが取れなかった。

すると霊冥は、人差し指を男に向け、まるで何かを抜き取るような動作をした。

その瞬間、男の額から、紫色のオーラが糸状になって現れる。

そんな糸状のオーラは、空中を漂い霊冥の前にたどり着くと、巻物へと姿を変えた。

オーラから変化した巻物はそのまま勝手に開かれ、霊冥の前に晒《さら》される。

「姦淫《かんいん》、殺人、窃盗……おうおう、こりゃあ数え切れんほどの罪を犯しとるのぉ」

霊冥の意識が巻物に向いたことで、威圧感から解放された男が笑みを浮かべる。

「へ、へへ……そうだよ！　俺はそこら辺の人間どもとは違う。どうだ、すげぇだろ？」

まるで罪を犯すことがすごいことであるかのように語る男。

反省した様子すらない男を見て、周囲の鬼たちは顔をしかめる。

だが、霊冥の表情は何も変わらなかった。

「ほう、どう違うというんじゃ？」

「俺はあの葛野一の息子だ。俺が何をしても、父さんがもみ消してくれる！　下級国民がいくら喚こうが、俺が裁かれることはない。俺は選ばれた人間なんだよ！」

「それは生きておった頃の話じゃろう？」

霊冥がそう言うと、男は笑みを浮かべる。

「まあな！　でも、俺が選ばれた人間であることに変わりはねぇ！　さあ、早く俺を解放して生き返らせてくれ！　選ばれた人間には、それくらいのサービスはあるはずだろう？」

無茶苦茶なことを言ってるにもかかわらず、それが当然かのように男は語り続けた。

すると……。

「そうかそうか、貴様は選ばれた者なのか」

「さっきからそう言ってるじゃねぇか！　こいつ等《ら》どけて、さっさと俺を――――」

その瞬間、男が喋《しゃべ》っているのを遮るように、紫色の光が霊冥から放たれた。

その光はまっすぐ突き進むと、男の顔を貫通する。

そして、数瞬後、男の体は爆散した。

だが――――。

「ぐあああああああああ！　……ハッ⁉　はぁ……はぁ……！」

たった今、体が爆散したハズの男は、自分の体を必死に確かめる。

確かに今、男は爆散した。

しかし、すでに男は死んでいるからこそ、この冥界にいる。

よって、すぐにその肉体は回復を果たしたのだ。

いきなり攻撃してきた霊冥に、男は信じられないといった表情を向けるが……。

「特別じゃ。貴様には、無限の責め苦を贈ってやろう」

「なっ⁉　そういうことじゃ――――」

なおも言い募ろうとする男だったが、そこから言葉を発することは永遠になかった。

霊冥が軽く手を振った瞬間、男の足元から紫のオーラが放たれ、男を包み込むと、次の瞬間には、男の姿が消えていたからだ。

あの紫のオーラの先には、まさに地獄が待っている。

永遠の孤独と無限の苦痛を、男は与えられ続けることになるのだった。

「クズ何とかなど……知るわけなかろう」

こうして男を裁き終わった霊冥は鼻で笑うと、疲れたように頬杖《ほおづえ》をつく。

「はぁ……現世との境界線が復活したのはよかったが、暇になったのぅ」

平和になった冥界だが、毎日罪人が送られてくることに変わりはない。

「まったく……人間どもは成長せんな。これから先、どうなっていくのやら……」

冥界としては、人間たちの世界がどうなろうと、さほど興味はなかった。

霊冥はただ主として冥界を機能させるだけである。

そこでふと、この冥界から解放された冥子《メイコ》のことを思い出した。

「冥子のヤツは元気にしてるかのぉ……」

先ほどまで罪人に向けていた表情とは異なり、優し気な表情を浮かべる霊冥。

霊冥にとって、冥子は特別な存在だった。

この冥界にいる罪人たちの悪意が結集して生まれた存在が冥子だったが、冥子はどこま

でも純粋な性格で、にもかかわらず、恐ろしく長い間、その力が暴走しないよう、封印され続けてきた。

最初は霊冥も封印以外の道を探したが、結局、彼女の暴走を避けるためには封印するしかなかったのだ。

そして、冥子もまた、その選択を黙って受け入れたのだ。

そんな彼女が今や、優夜《ゆうや》の元で楽しく暮らせていると思うと、霊冥はとても嬉《うれ》しかった。

「優夜たちには感謝じゃのぉ……ただ、気になることもある」

不意に真面目な表情に変わった霊冥は、今回冥界の境界線が消える原因となった虚神《うつろがみ》のことを思い出していた。

「現世と冥界の境界線は修復できたが……他の世界や時間軸の境界線は消えたままじゃ。誰がその壊れた境界線を修復するのかは知らんが……まさか、このままということはないよな……？」

現在、虚神の影響で、優夜たちの暮らす世界と、その他に存在している多くの世界との境界線、そして時間軸の境界線が消滅しており、非常に危うい状態が続いていた。

現世と冥界の境界線を霊冥が修復したように、これらの境界線も修復する立場の者がいると考えられるが、霊冥にはそれが誰か分からない上に、仮にいなかったとしても、霊冥自身も修復する方法が分からない。

「早くせねば、異なる世界に妙な連中を引き寄せることになりかねんのじゃが……」

今までは世界同士の境界線があったからこそ、何かが起きてもその世界で完結していたものが、その壁が消えてしまった今、妙なことを企《たくら》む連中が現れても不思議ではなかった。

「……ま、我にできることは何もないし……このまま平和を祈るしかないかのぉ」

最終的に、霊冥はそう思考を切り上げるのだった。

＊＊＊

――一方、異世界の【天聖祭《てんせいさい》】では……。

「さて、次の相手はアナタね」


油断なく相手を見据えるイリス。

そんなイリスの相手は……今大会の主催者、『刀聖《とうせい》』シュウ・ザクレンだった。

「前回の優勝者と戦えるとはな。実に楽しみだ」

静かな闘気を放つイリスに対し、シュウは自然体のまま静かに微笑《ほほえ》む。

　そして、いざ、勝負の火ぶたが切られると……。

「フッ！」

　まず最初に、イリスから攻撃を仕掛けた。

「！」

　イリスは雷のような踏み込みを見せると、そのままシュウの懐《ふところ》に潜り込む。

　その速度は、周囲の『聖《せい》』たちだけでなく、シュウ自身をも驚かせた。

　だが……。

「……今ので決まったと思ったんだけどね」

「フフ……確かに驚いたが、今の一撃でやられるほど柔ではないぞ？」

　シュウは、咄嗟《とっさ》に懐に刀を滑り込ませ、イリスの攻撃を受け止めたのだ。

「あら、そう？　それなら……これはどうかしらッ！」

「くっ！」

　優夜との戦闘に巻き込まれてきた中で、イリスたちもそれまで以上に強敵と数多く戦ってきた。

　その上、優夜は過去世界に飛ばされ、そこで賢者・ゼノヴィスの指導も受けたことで、もはや戦闘力で言えば、イリスたちでは到底及ばない存在になっていた。

何とか経験の差でイリスたちは優夜に食《く》らいついていたが、それでも限界があった。

だからこそ、これから先、優夜と時を共にするためにも、イリスはさらなる力を付ける必要があったのだ。

「ハアッ！」

「チィッ！　ただの剣撃でこの威力とは恐れ入る……！」

かつてのイリスは、技に頼り切った戦闘が多かった。

地力を鍛えてきたウサギでさえ、戦闘の際には技を多用していたのだ。

だが、強くなって帰ってきた優夜の戦闘を目の当《ま》たり《あ》にしたことで、それだけではダメだと気づかされたイリスは、その才覚を存分に発揮し、すでに数多くの技を何気ない一撃として放てる領域にまでたどり着いていたのだ。

その他にも、イリスは今までは伸ばしてこなかった魔力関連の修行も始めていた。

新たに得た力ではなく、元から存在した力を伸ばす方向にも力を入れたのだ。

その結果、今シュウを大きく吹き飛ばしたように、魔力による肉体の強化も自然と行えるようになっていた。

「さあ、隠してる力でもあるなら、早く出さないと終わるわよッ！」

イリスがシュウの隙を逃すことなく追撃するも、シュウも負けてはいない。

魔力で強化されたイリスの身体能力はシュウを凌駕《りょうが》するが、シュウはそれらを技術でカバーしてみせたのだ。

激しい剣撃をすべて刀一本でしのぎ切ったシュウ。

そんな二人の姿を見て、グロリアたちは驚いていた。

「すごいな……イリスはいつの間にあんなに強くなったんだい？」

《色々あったからな。それよりも……》

ウサギはイリスの攻撃を防いでいるシュウを見て、目を細めた。

それは、ウサギの中で広がる微《かす》かな違和感。

確かにシュウは、イリスの攻撃を防ぐので精一杯に見えた。

だが……。

《妙だな……ただ耐え忍ぶというより、何かを調べているような……》

ウサギの言う通りのことを、戦っているイリス自身も感じていた。

「(コイツ……すべての攻撃を的確に防いでくるわね。もちろん、私も全力は出してないけど、こっちの底を見透かされてるようで気味が悪いわ……)」

しばらくの間、イリスの一方的な攻撃が続いたが、やがて距離をとったシュウが、不意に手を挙げた。

「――降参だ」

「え？」

それはあまりにも突然だった。

まさか、ここにきて降参されるとは思ってもいなかったイリスは困惑する。

すると、シュウは涼しい顔をして続けた。

「見て分かるだろう？　私ではイリスには勝てない。残念だが、ここまでだ」

「……」

そう告げると、シュウは黙って舞台から降りていく。

「(結局、この【天聖祭】を開いた理由も、何より、シュウが隠してる力を見抜くこともできなかったわね……)」

イリスもそれ以上はシュウを追及しなかったものの、どこかしこりの残る試合結果となるのだった。

＊＊＊

「相変わらず賑《にぎ》やかね！」

ステージに向けての練習が終わった後、レクシアたちはとあるショッピングモールにやって来ていた。

「前にルナたちと来た時も思ったけど、この建物一つに色々なお店が集まってるなんてすごいわよねぇ」

「あれ？　レクシアさんたちの国では珍しいんだ」

この中では楓《かえで》のみ、レクシアたちが異世界人であることを知らないため、ショッピングモールに驚くレクシアを見て、不思議そうにしている。

「こうも便利だと、私たちの国にもほしくなるな」

「そうね！　土地の問題とか色々あるけど……まあ何とかなるでしょ！」

「？」

発言だけ聞けば、レクシアがこのショッピングモールのような施設を自国で作り上げると言ってるようなものであり、ただの留学生だと思っている楓はさらに首を傾《かし》げるのだった。

「それにしても……この世界に来た当初は、ちょっと文化を学べればいいかなって感じだったけど、じっくり見て回ると勉強になることが多いわねー」

「まあ、お前の本当の目的はユウヤだったがな」

「それは当然でしょ！　でも……この世界やメルルの使ってる科学技術も勉強になるけど、こういった建築様式や商業形態みたいな、形のない物もすごく参考になるわ」

そう口にするレクシアの目は、いつもとは違い、どこか真剣だった。

しかし、すぐにいつもの様子に戻ると、皆に顔を向ける。

「さて！　それじゃあ色々見て回りましょ！　私、ゲームセンターってところに行ってみたかったのよ！」

「そうなの？　あ、でも、海外の人にはゲームセンターって珍しいのかな……？」

「少なくとも、私の国にはないわ！　前にルナたちと街を見て回った時も、ゲームセンターの前は通りかかったんだけど……」

「レクシアだけでなく、私とユティもよく分からないから、寄らなかったんだよな」

「肯定。未知のものは、触らないのが一番」

「そう言えば、私も興味がありますね」

「メルルさんも？」

この地球よりも科学技術が進んでいるエイメル星だが、あまり娯楽方面に科学技術が使われることはないようで、地球にやって来た時から気になっているものの一つだった。

「それに、あの時は、そんなにお金も持ってなかったしね」

「遊ぶ金ではなく、必要なものを買うための金だったしな」

「確保。今日はユウヤからお金もらってる」

資金的な理由もあって、先日は遊ぶことができなかったものの、今回はユティがユウヤから事前にお金を受け取っているので、遊ぶことができるのだ。

こうして行き先をゲームセンターに定めたレクシアたちだが……そこまでの道のりは、まっすぐなものではなかった。

「あれ！　あれ何かしら？」

「おい、レクシア！」

レクシアはタピオカと書かれた看板を見つけると、そこまで移動する。

「たぴおか？　って何かしら？　ルナ、知ってる？」

「私が知るわけないだろ……というより、何だその気味の悪い、黒いつぶつぶは……」

「甘味。前に友達と食べた」

「ええ⁉　ユティ、友達いるの⁉」

「……不服。ちゃんといる」

レクシアの反応にムッとするユティ。

だが、レクシアは気にせず続けた。

「でもこれ、甘い食べ物ってことね」

「そうだねー。見た目は確かに気持ち悪いかもしれないけど、食感とかは面白いし、美味《おい》しいよ？」

楓の説明に満足したのか、レクシアはまた周囲を見渡し始める。

「面白いわね！　あ、あっちにも！」

「だから、勝手に動くな！」

そしてレクシアは興味の惹《ひ》かれるものを見つけては、そちらの方に向かうため、中々ゲームセンターまで到着しないのだ。

「見て！　アイスクリームですって！　食べてみようじゃない！」

「アイスクリーム？　なんだそれは……」

「あれ？　ルナさん、食べたことない？　こう、冷たいお菓子なんだけど……」

「冷たい菓子だと？　し、仕方ないな。レクシアが食べたいのなら、食べようじゃないか」

「肯定。糖分補給は大事」

「ふふ、いいですね」

こうしてそれぞれが注文を終え、商品を受け取ると……。

「んー！　冷たくて美味しいわね！」

「す、すごいな……前に食べたクレープも驚きだったが、こんな菓子があるとは……」

「美味」

「やはり、この星は娯楽や食文化が大きく進展しているんですね」

アイスを食べ、それぞれが感想を言い合う中、レクシアたちは周囲からの注目を集めていた。

「おい、あれ……」

「うわ、すごい可愛《かわい》い……！」

「外国の人みたいだけど、綺麗《きれい》だねー」

「ちょ、ちょっと声かけてみようかな？」

「止《や》めとけ、お前じゃ相手にされねぇって」

人目を引くレクシアたちだが、当の本人たちはアイスクリームに夢中で気にも留めていない。

そしてアイスクリームを食べ終えると、ようやくレクシアたちはゲームセンターにたどり着いた。

「ここね！」

「何というか……近くに来ると結構うるさいな……」

「肯定。前は遠目だったから分からなかったけど、近くに来ると印象が全然違う」

「ここにあるものすべてで遊べるんですね」

それぞれがゲームセンターを見渡していると、レクシアがある物に気が付く。

「あ、あれ可愛い！」

レクシアが興味を示したのは、クレーンゲームの機体の中にある熊のぬいぐるみだった。

「ねぇ、カエデ！　これ、どうやって遊ぶの？」

「えっと、それはね……」

楓から簡単なレクチャーを受けたレクシアは、腕まくりをする。

「なるほどね、それなら早速やってみるわ！」

意気揚々とお金を投入し、挑戦するレクシア。

だが……。

「ちょ、ちょっと！　行きすぎじゃない⁉」

レクシアのボタン操作では狙い通りの位置にアームを動かすことができなかった。

それどころか……。

「あああああ！　ダメダメダメ！　そこには何もないじゃない！」

「ぷっ……素晴らしいな。あんなに大きな的だというのに、かすりもしないとは……」

「きぃー！　そこまで言うなら、ルナがやってみなさいよ！」

結局、熊のぬいぐるみを獲得できなかったレクシアは、すぐさまルナと交代することに。

そして……。

「まったく……こんな簡単なこともできないとは、レクシアはダメダメだな。これはこうして……あ、あれ？」

しかし、ルナも狙った位置にアームを動かすことができず、結果的に景品を獲得することはできなかった。

「あら〜？　簡単なんじゃなかったかしら〜？」

「くっ！　い、いや、私がおかしいんじゃない！　この妙な機体がおかしいのだ！」

「言い訳なんて見苦しいわよ！　取れなかったんだから、私と一緒ね！」

「……レクシアと同じだなんて癪《しゃく》だ」

「ちょっと、それ、どういう意味よ⁉」

やいのやいのと言い争いを続けるレクシアたちをよそに、メルルと楓も挑戦してみるが……。

「あー、ダメだったかー」

「む、難しいですね……」

「ねー。狙ったところにアームは動かせるんだけど……」

「このアーム？　の力の弱さは予想外でした……」

楓とメルルは狙ったところにアームを移動させることこそできたが、そのアームが景品を持ち上げることができなかったのだ。

「優夜《ゆうや》君はクレーンゲームも得意みたいだったけど……」

「ユウヤさん、何でもできますね……」

このまま誰も景品を獲得できずに終わるかと思ったが、ユティだけは違った。

「……視《み》えた」


「え？」

ユティは小さく呟《つぶや》くと、機体に向かい、お金を投入する。

そしてレクシアたちの様子を見て学んだボタン操作で、自身の狙い通りの位置にアームを移動させた。

ただ……。

「ゆ、ユティちゃん？　そっちには景品置かれてないけど……」

なんとユティは、置かれている熊の景品を無視し、機体の奥までアームを移動させたのだ。

だが……。

「ええ⁉」

「成功。狙い通り」

なんと、ユティが動かしたアームは、そのまま機体の背後に並べられた別の熊のぬいぐるみのタグに引っかかったのだ。

そしてそのアームは熊のぬいぐるみを引きずり出すように壁際《かべぎわ》から引き離すと、そのまま取り出し口まで持っていき、無事に獲得することができたのだった。

ユティは熊のぬいぐるみを取り出すと、レクシアに渡す。

「譲渡。レクシア、あげる」

「ゆ、ユティ～！　貴女《あなた》、最高ね！」

「す、すごいな……目の前の標的ではなく、別の標的に目を向けることで目的を達成するとは……」

「勉強になりますね」

「こ、これってどうなんだろう？　ルール的に大丈夫なのかなぁ……？」

ユティの技術に感心するルナたちだったが、楓《かえで》はこの獲得方法がルール的にアリなのかなと心配になるのだった。


その後も、別のゲームで遊んでいくレクシアたちだったが……。

「る、ルナ！　助けなさいよ！」

「無茶を言うな！　お前が勝手に顔を出して死んだんだろう⁉」

とあるシューティングゲームではレクシアはまともに敵を倒すことができず、すぐに死んでしまい、協力プレイをしていたルナ一人で頑張ることに。

「もう一回！　もう一回挑戦よ！」

「おい、お金だって貴重なんだぞ！　それに、お前が復活したところでどうせすぐ死ぬじゃないか。このまま私だけで進めよう」

「ちょっとおおおお！　ルナは私の護衛でしょ⁉　護衛が護衛対象置いてくんじゃないわよおおお！」

「ふふ……お前の死は無駄にしないぞ」

「きいいい！　ムカツクー！　こうなったら……邪魔してやるわ！」

「あ、おい！　やめろ！」

復活できないことに腹を立てたレクシアは、プレイ中のルナの背後に回り込むと、体をくすぐり始めた。

「お、おい、レクシア！　や、やめ……！」

「さあ、この状況でも続けられるかしら⁉」

「あ、クソッ！　照準が……！」

結局、ルナとレクシアはステージをクリアできずに終わったが、ユティと楓で挑戦してみると……。

「ゆ、ユティちゃんすごいね！」

「余裕。目を瞑《つぶ》ってても当てられる」

「そうなの⁉」

「ユティさんだからできる芸当ですね……」

ユティは『弓聖《きゅうせい》』の弟子であるその技術をいかんなく発揮し、ハイスコアを叩《たた》き出していた。

また、音楽系のゲームでは……。

「こ、これ、難しすぎじゃない⁉」

「くっ！　ダンスならまだしも、音に合わせて指だけ動かすのは……！」

「苦戦。難しすぎる」

「いやぁ、いきなり最高難易度に挑戦するからじゃないかなぁ……」

これならできると意気込んだレクシアたちは、当然のように最高難易度を選択するも、音に合わせてボタンを押すことすらまともにできなかった。

だが、唯一メルルだけが、この難易度についてこれていた。

「お、おい、あの子……」

「すげー……一度もミスしてねぇぞ……」

まるで機械のような正確さで、ボタンを押していくメルル。

「タイミングを合わせるだけなので、これなら……」

「いや、タイミングが分かっても、動かす手が複雑すぎてこんがらがるというか……」

「慣れでしょうね」

「……納得。メルル、変な機械操作してたし、きっと慣れてる」

メルルの戦闘の仕方を知るユティは、メルルが腕に装着された機械を操作していたことを思い出し、納得していた。

こうしてメルルは、ノーミスでの完全クリアを達成してしまった。

「ふぅ……案外できるものですね」

「メルルさんもすごすぎるんだけど……」

ユティやメルルの人並み外れた才能に、楓はただ呆然《ぼうぜん》とするしかなかった。

こうして一通り遊び終えたレクシアたちは、そろそろいい時間ということもあり、解散することに。

「ふぅ～！　今日はたくさん遊べたわね！」

「ああ、そうだな」

「それもこれも、カエデさん。貴女のおかげです」

「感謝。カエデ、ありがとう」

皆から感謝の言葉を伝えられた楓は、慌てて手を振った。

「そんな！　私はただ、案内しただけだし……」

「いや、そんなことはない。私たちだけなら、こんなに楽しむことはできなかっただろう」

「そうよ！　カエデのおかげでここまで楽しめたんだから！　ありがとう！」

「ど、どういたしまして……」

どこまでも真っすぐな好意に、楓は照れてしまった。

すると……。

「うおっ⁉　あの子ら、超かわいくね？」

「いいじゃんいいじゃん」

「ねえ、君たち。俺らと一緒に遊ばない？」

突然、どこか軽薄な雰囲気を漂わせる男の集団が近づいてきた。

いきなり現れた男たちに対し、ルナがレクシアを庇《かば》うように前に出る。

「何だ、貴様ら」

「おいおい、すげー睨《にら》んでくるじゃん！」

「俺たちはただ、君らと仲良くなりたいなーってね」

「そうか。生憎《あいにく》だが、私たちにその意思はない。他を当たるんだな」

「まああそう言わないでさぁ」

「え、あ、あの！」

「カエデ！」

ルナがそっけなくそう返すと、男の一人が楓に手を出した。

周囲の人たちは、何かが起きてることは察しており、中には警察や警備員に連絡を取りに向かった人もいるものの、誰も止めには入ってくれない。

このままでは何か危害を加えられると判断したルナとユティが、すぐさま男の制圧にかかろうとすると――。

「あ、あの……その子たち……い、嫌がってると思うんですけど……」

「あ?」

その瞬間、一人の青年が、止めに入った。

その青年は、全体的に暗い雰囲気を纏《まと》っており、一見すると気弱そうに思えた。

だが、その眼《め》には強い意志が宿っており、目の前で困っている楓たちを助けようとする気持ちが感じられた。

すると、そんな青年の態度が気に障《さわ》ったのか、男の一人が近づいてくる。

「何だよ、お前。俺らに文句でもあんの？」

「……か、彼女たち、嫌がってるように見えますし、無理やり迫るのはよくないんじゃないかなと……」

どこか威圧するように青年を見下ろす男だったが、青年はその威圧をものともせず、そう言い放った。

「テメェ……調子に乗ってんじゃねぇぞ！」

「！」

「ちょっと！」

男は青年の態度にいら立つと、そのまま力強く突き飛ばした。

慌ててレクシアが男を止めようとするが、ルナが手で制する。

「ルナ！」

「動くな。私はお前の護衛なんだ」

「でも！」

真剣な表情を浮かべるルナに、なおもレクシアが言い募ろうとすると、他の男たちも青年を取り囲み始めた。

レクシアたちはこの隙にここから立ち去ることもできたが、助けに出てきてくれた青年を置いていくことはできなかった。

「貴方《あなた》！　私たちはいいから逃げなさい！」

「だ、大丈夫です！」

しかし、レクシアの言葉を受けてもなお、青年は男たちに立ち向かうことを止《や》めなかった。

「大丈夫だあ？」

「はぁ……せっかく気分よく女の子たちに声かけてたところを邪魔しやがって」

「マジで、お前みたいなヤツが一番いら立つんだよなぁ！」

「！」

「ちょっと！」

その瞬間、男の一人が青年に殴り掛かった。

そして、その男に続く形で、他の男たちも次々と青年に暴行を重ねていく。

「る、ルナ！　今すぐあの男たちを止めて！」

「くっ！」

さすがに青年が暴行されている場面を放っておくことはできず、ルナはレクシアの命令に従うように男たちを制圧しようとした。

だが……。

「――お前ら！　何をしている！」

「クソッ！　面倒くせぇ、ひとまず引き上げるぞ」

「テメェ、顔、覚えたからな？」

通報を受け、警備員が駆け付けたことにより、男たちは慌てて去っていった。

残された青年に、すぐさまレクシアが駆け寄る。

「だ、大丈夫？　怪我《けが》してない？」

「だ、大丈夫です」

差し伸べられた手に、青年は驚きつつ、恐る恐るその手を取って起き上がる。

そして、先ほど男に手を摑《つか》まれたことで固まっていた楓《かえで》に向かって、青年は優しく声をかけた。

「あ、あの……大丈夫ですか？」

「え？　あ、は、はい！　大丈夫です！　その……貴方の方こそ、大丈夫ですか⁉」

楓が正気に返り、慌てて青年にそう訊《き》くと、青年はふわりと微笑《ほほえ》む。

「お、俺は大丈夫ですから。皆さんに何もなくてよかったです」

「――――君たち、いいかな？」

すると、警備員の一人が、レクシアたちに声をかけた。

「通報があって来たんだが……何があったか、説明してくれるかな？」

「は、はい。実は男の人たちに絡《から》まれて、困っていたところをこの人が……あ、あれ？」

レクシアは警備員に青年のことを説明しようとしたが、いつの間にか青年はいなくなっていた。

楓やレクシアはともかく、ルナやユティといった実力者がいる中で、誰も察知することができないまま青年が姿を消したことに、皆が驚く。

ただ、ルナとユティは、先ほどの青年に関して、別のことでも驚いていた。

「ユティ、さっきの男だが……」

「驚愕《きょうがく》。傷がひとつもなかった……」

短い間とはいえ、暴行をただ黙って受け続けていた青年が傷を一つも負っていなかったことを、ルナとユティは見抜いていたのだ。

その上、二人に察知されることなく姿を消した青年の存在に、ますます疑問が浮かんでいく。

青年は一体、何者だったのか……。

結局、レクシアたちはその後も助けてくれた青年の姿を見つけることができなかったため、簡単な事情聴取を終え、帰宅することに。

「はぁあ。せっかく楽しい気分だったのに、あの連中のせいで台無しよ！」

「こればかりは仕方ないですね。レクシアさんは目を惹《ひ》きますから……」

「否定。レクシアだけじゃない。メルルも十分目立つ」

「そ、そうですか？」

「それを言うなら、ユティもだろ……」

「そんなことはどうでもいいのよ！　結局、あの人は誰だったのかしらね。皆が見て見ぬふりをする中、あんな風に助けに出てくれるなんて……すごく素敵な人だったわね！　ね、カエデ？」

「……」

「カエデ？」

「へ？　あ、ご、ごめん！　どうしたの？」

「さっきの人について聞いただけなんだけど……どうしたの？」

様子のおかしい楓に、レクシアがそう訊くと、楓は少し困惑した様子で話す。

「そ、その……何ていうのかな……私たちを助けようとしてくれた人が、優夜《ゆうや》君に似てたと思ってさ……」

「ユウヤ様に？」

「うん……何だろう、雰囲気っていうのかな？　こう、安心できるというか……そんな感じがしたんだよね」

自分でもよく分からない感情に困惑する楓。

だが、レクシアたちもそれは理解できたようで、同じように困惑していた。

「言われてみればそうね……」

「肯定。とても優しい気配だった」

「ユウヤさんの気配は独特ですからね。そんなユウヤさんと同じような気配を持つ人はそういないと思っていたのですが……」

「いきなり姿を消したり、謎は多いが……私たちを助けてくれたんだ。悪いヤツじゃないだろう」

「そうね！　とりあえず、何かの機会にまた会えたら、今度こそ改めてお礼を言いましょう！」

レクシアたちは謎の青年にいつか感謝の言葉を伝える決意をしつつ、その後は何事もなく無事に帰宅したのだった。

＊＊＊

「はぁ……困ってそうだったから、思わず助けちゃった……」

人通りの少ない路地裏で、レクシアたちを助けた青年が、そう呟《つぶや》いた。

そしてルナとユティが見抜いた通り、青年は殴る蹴るといった酷《ひど》い暴行を受けたにもかかわらず、怪我一つしていなかった。

それを確かめるように青年は自分の体を見下ろした。

「ひとまず『妖力』で身を守っちゃったけど……特に誰かにバレた様子はないし、大丈夫だよな……？」

改めて周囲に人がいないことを確認した青年はため息を吐《つ》くと、自身の手を見つめる。

「……何やってるんだろう。俺は、この世界にとって、敵なのに……」

頭では理解できていても、心では納得できず、気付いた時には体が動いていたのだ。

辛《つら》そうに自身の手を見つめる青年は、やがて決意を固める。

「……こんな優しさは、いらない。俺は……この世界の敵なんだから――」

そして、再び街中へと姿を消していくのだった。

＊＊＊

その頃、一方、異世界では……。

「できれば、避けたかったんだがね」

《何を弱気なことを……》

【天聖祭《てんせいさい》】の舞台にて、『魔聖《ませい》』オーディスと、『二聖《にせい》』ウサギが対峙《たいじ》していた。

「仕方ないだろう？　私とお前では、戦闘経験の差が大きすぎる。できるだけ当たらないようにしたいと考えるのは当然だろう」

《馬鹿を言うな。お前はエルフだろう？　どう考えてもお前の方が、その長い人生の中で、しようと思えば戦闘の経験ができたはずだ。それでも俺の方が経験豊富だというのなら、お前が引きこもって魔法の研究をしすぎているというだけの話だ》

「うっ……それを言われると……」

《まあいい。とにかく、全力とは言わんが、ほどほどにやるぞ》

「はぁ……お手柔らかに頼むよ」

その次の瞬間、戦闘開始の合図が出た。

《小手調べだ。フンッ！》

ウサギは力強く地面を踏みしめると、そのまま一気にオーディスとの距離を潰す。

「これが小手調べだと⁉」

そのあまりの速さに対応しきれないオーディスは、何とか転がるように突撃をかわした。

《どうした？　引きこもってばかりで体が鈍ってるんじゃないか？》

「……そうかもしれんな。だが、やられてばかりではないぞ？」

《むッ！》

不敵な笑みを浮かべるオーディスを見た瞬間、ウサギは自身の置かれている状況に気づいた。

なんと、いつの間にかウサギを取り囲むようにして無数の魔力の弾丸が配置されていたのだ。

《あの一瞬の回避で、この量の魔力の塊を配置したのか……》

「そういうわけだ。さあ、踊れ！」

オーディスの合図と共に、射出される魔力の弾丸。

何の属性も纏《まと》っておらず、ただただ純粋な魔力の塊であるその弾丸は、容易《たやす》く大地を射《い》貫《ぬ》く。一撃でも当たればそれなりのダメージを負わせるような威力だった。

そんな弾丸が数百、数千と数を増しながら、ウサギへと殺到する。

だが……。

「おいおい……化物か、貴様は！」

《失敬な。俺はウサギだ》

「そんなウサギがいてたまるかッ！」

なんと、ウサギは軽やかにその場を飛び跳ね、すべての弾丸をかわしてみせたのだ。

あまりの華麗な身のこなしにオーディスは悪態をつきながらも、攻撃の手を緩めない。

「ならば……これはどうだ⁉『魔閃《ません》』！」

弾丸の嵐の中を突き進むウサギに対し、まるで照準を合わせるように掌《てのひら》を突き出したオーディス。

すると、その掌から魔力の線が放たれた。

まさに光線ともいえるその一撃だったが、ウサギは辛《かろ》うじて体を捻《ひね》ることでそれをかわす。

《チィッ！　鬱陶しい……！》

「生憎《あいにく》だが、これが魔法使いの戦い方だ。もうお前を近寄らせるつもりはないぞ」

遠距離からの一方的な攻撃。

この攻撃で、ウサギの機動力を削《そ》ぎ、そのまま体力切れを狙いつつ、一瞬の隙を突いて仕掛けるなど、様々な手をオーディスは用意していた。

だが、絶体絶命ともいえる状況のウサギは……草食獣らしからぬ獰猛《どうもう》な笑みを浮かべる。

《面白い……ならば、こちらももう少し力を見せるぞッ！》

「なっ⁉　魔力だと⁉」

なんと、ウサギは優夜から学んだ魔法の技術を駆使し、優夜と同じ『魔装《まそう》』を再現したのだ。

これにより、ウサギの体に魔力が纏わりつくと、その瞬間、急激に身体能力が強化される。

また、魔装によって、ある程度の魔法攻撃もはじき返すことが可能になった。

《一気に決めるぞッ！》

「くっ！『魔流波《まりゅうは》』！」

強化した肉体を駆使し、オーディスの攻撃をすべて掻《か》い潜《くぐ》っていくウサギ。

そのウサギを迎撃すべく、オーディスはすぐさま別の魔法を発動し、魔力の奔流をウサギにぶつけようとした。

だが、ウサギはその魔力の奔流をなんと足場にし、一気に距離を詰めたのである。

「嘘《うそ》だろう⁉」

《終わりだ！》

そして、とうとうオーディスの懐《ふところ》をとったウサギは、彼の腹部を蹴り上げる直前で攻撃を止めた。

しばらくの間無言の時間が続くと、やがて構えを解いたオーディスが手を挙げる。

「……完敗だ。私の負けだよ」

《フ……楽しかったぞ、オーディス。だが、次に戦う時までに、もう少し体を動かしておくことだな》

「肝に銘じておくよ」

――こうして、ウサギ対オーディスの試合は、ウサギの勝利で幕を閉じたのだった。

＊＊＊

ウサギとオーディスの勝敗が決した頃。

王星《おうせい》学園の生徒会室では、佳織《かおり》と喜多楽がとある話し合いをしていた。

「さて、ステージは無事に決まったわけだが……どうやって宣伝を行うのが効果的だろうか……？」

その話し合いの内容は、喜多楽《きたらく》が強引に推し進めてきたスクールアイドル計画のステージに関するもので、集客方法をどうするか、という話し合いだった。

とはいえ、元々強引に喜多楽が計画を進めてきたこともあり、佳織はステージがすでに決まっていることにすら驚いている。

「も、もうステージが決まったんですね」

「そりゃあできるだけ早い方がいいからね！　天上《てんじょう》君たちも頑張っているようだし、期待していいんじゃないか？」

「な、なるほど……」

「だからこそ、彼女たちの姿を多くの人に見てもらいたいわけだが、集客方法にしろ、客層の想定にしろ、まだ深く考えてなくてね！　ははははは！」

決して笑い事ではないのだが、どこまでも陽気な喜多楽に、佳織は苦笑いをするしかなかった。

「そうですね……それでは、近隣の中学に呼びかけるのはどうでしょう？」

「む、それはどうして？」

「そもそも、このスクールアイドル計画の一番の目的は、この学園に色々な生徒に来てもらうこと、なんですよね？」

「そうだね！　今でも面白い才能の持ち主はたくさん集まっているとは思う。だが、より多くの人にこの学園を認知してもらい、今まで以上にこの学園への入学を志望する生徒が増えると嬉《うれ》しいな！」

「そうですね。だからこそ、中学校を中心に呼びかけるべきかと。そして、中学生であればチケットの金額を学生割にすることもできますし、ステージ自体の認知度を広めていく一助にもなるかなと……」

そんな佳織の言葉を聞いた喜多楽は、少し考え込む様子を見せる。

「そうだな……商店街や街頭でのビラ配りもいいだろうが、ターゲットを絞ってしまう方が宣伝をしやすいのは確かだ。それに、今回はステージをこちらで決めてしまったが、次回以降は各中学を巡って公演活動するのもアリか……こちらは収支面は微妙だが、その分、確実に生徒たちに見てもらえて、第一の目的である新入生獲得に繋《つな》がると……」

「あ、あの……生徒会長……？」

突然自分の世界に入り込んでしまった喜多楽に、佳織は恐る恐る声をかけた。

その次の瞬間、喜多楽は顔を上げ、立ち上がった。

「よし、考えがまとまったぞ！　というわけで、私は早速行ってくる！」

「え？　あ、どこに行かれるんです⁉」

慌てて佳織が止めようとするも、喜多楽は意にも介さず、そのまま去ってしまった。

「だ、大丈夫でしょうか……？」

あまりにも大胆に行動する喜多楽を見て、佳織は少し不安になるのだった。

＊＊＊

「ちょっと遅くなっちゃったな」

沢田《さわだ》先生の手伝いを終えた俺は、ようやく帰宅しようとしていた。

すると、ちょうど部活が終わったタイミングだったようで、多くの生徒たちの帰宅も始まっていた。

「あれ？　優夜《ゆうや》？」

「え？　亮《りょう》、慎吾《しんご》君！」

不意に声をかけられ、驚いて声の方に視線を向けると、そこには亮と慎吾君の姿が。

「もしかして、二人とも部活終わり？」

「いや、実は慎吾に勉強を見てもらってたんだよ。俺、数学苦手でさぁ。本当にありがとよ！」

「き、気にしないで。僕もいつも亮君に助けてもらってるし……」

「そうか？　俺、何もしてねぇと思うけど……」

慎吾君の言葉に不思議そうに首を傾《かし》げる亮。

たぶん、亮は気にしてなくても、慎吾君にとっては助かるようなことが多いんだろうな。

とにかく、二人は勉強のためにこんな時間まで残っていたらしい。

俺もちゃんと勉強しないとな……最近は色々あり過ぎて、勉強が疎《おろそ》かになってるかもしれないし……。

「俺たちはともかく、優夜は何してたんだ？　あ、もしかして、あのスクールアイドルの練習か？」

「えっと、その練習もあったんだけど、その後、今まで沢田先生から頼まれて手伝いをしてたんだ」

「そ、そうなんだ！　でも、まさかこの学園でスクールアイドルなんて見れると思ってなかったから、楽しみだね」

俺たちはただがむしゃらに頑張るしかないので実感がなかったが、こうして楽しみにされると頑張らないとという気持ちが強くなった。

「そうだ！　せっかくだし、少し寄り道して帰ろうぜ」

「寄り道？」

「おう！　最近、学校の近くに美味《うま》そうなハンバーガーショップができたんだよ。俺まだ行ったことないからさ」

「へぇ、そんなところができたんだ」

ここのところ、学校生活以外は天界やら冥界やら……ある意味、この世界より別の世界にいることの方が多かったわけで、近所にそんなものができているとは知らなかった。

そういうわけで、俺たちはそのハンバーガーショップに向かっていた。

すると……。

「あれ？　晶《あきら》じゃね？」

「え？」

ふと、街中でビラを配っている晶の姿が目に入った。

予想外の人物の登場に驚いていると、晶も俺たちの姿に気づく。

「おや！　優夜君たちじゃないか！　どうしたんだい？」

「いや、俺たちは新しくできたハンバーガーショップに向かってるところなんだけど……」

「そう言うお前は何してんだよ」

亮がそう尋ねると、晶は俺たちにビラを渡してきた。

「『スイート・マジック』？　洋菓子屋さん？」

「そうなんだ！　僕は今、この洋菓子店で【洋菓子店の貴公子】として活動中ってわけさ！」

「えっと……バイトってこと？」

「そうさ！」

どうやら晶は、この洋菓子店でバイトをしているそうだ。

「へぇ……こんな店ができたんだな」

「まだ新しい場所だからね。こうして宣伝中というわけさ！　すまないが、まだ【宣伝の貴公子】中なんでね。では！」

そう言うと、晶は再びビラ配りに戻っていった。

こういうビラ配りって中々受け取ってもらえないイメージだったが、晶はするりと相手の懐に潜り込み、華麗に渡しては去っていく――。す、すごい……これが【宣伝の貴公子】か……。

俺が晶の謎のスキルに感動していると、亮が呟《つぶや》く。

「そういや、これまでアイツと中々遊ぶ機会なかったけど、もしかして毎回バイトで遊べなかったのかな?」

「ど、どうなんだろう? 意外と【バイトの貴公子】って言いながら、働いてそうな気もするね……」

よくよく考えれば、俺は晶だけでなく、亮や慎吾君についてもまだまだ知らないことが多い。

そのうち、慎吾君のおすすめのゲームとか……皆で遊べる日が来たらいいな。

こうして晶の意外な一面に出会いつつ、俺たちは新しくできた店のハンバーガーを堪能《たんのう》し、その日は解散したのだった。

第三章　イリスVSウサギ

優夜たちがアイドルステージに向けて、活動している頃。

異世界で行われている【天聖祭《てんせいさい》】は、クライマックスを迎えていた。

「――――まさか、決勝が貴方《あなた》とはねぇ」

《フン。今回は勝たせてもらうぞ》

数々の戦闘を経て、決勝にたどり着いたのは、『剣聖』イリスと、『蹴聖《しゅうせい》』と『耳聖《じせい》』の二つの『聖《せい》』を冠するウサギだった。

ここまでの試合で、イリスたちは『刀聖《とうせい》』シュウの目論見《もくろみ》を暴《あば》こうとしてきたものの、結果的に何も分からないまま、決勝戦まで来てしまったのだ。

というのも、こうして【天聖祭】をシュウが開催した以上、シュウに優勝できるだけの秘策があるとも思っていたのだが、それを垣間見《かいまみ》ることもなく、シュウは途中でイリスと戦い、そのまま敗れ去ったのである。

「……結局、アイツの考えは分からなかったわね」

《だが、何かを隠しているのは確かだ》

「そうね。それも、シュウだけじゃなく、他の『聖』も何人か、ね……」

ただ、イリスやウサギは、シュウを含め、何人かの『聖』が、力を隠していることを的確に見抜いていた。

しかし、その『聖』たちは結局その力を見せることなく敗退していったため、彼らが隠していたものが何なのか、また、そもそも力を隠す狙いが何なのかは分からないままだった。

「最初は『拳聖《けんせい》』のように、『邪《じゃ》』の力でも手に入れたのかと思ったけど、そうじゃないみたいだしね」

《そうだな。何より、『邪』の力を持っていれば、この場に居続けるだけでも辛《つら》いだろう》

「それもそうね」

聖谷《せいこく》には濃密な『聖』の力が漂っている関係上、『堕聖《だせい》』のような中途半端《ちゅうとはんぱ》な『邪』の力を持つ者がこの場に居続けるのはほぼ不可能だった。

「……何にせよ、シュウたちが力を隠している以上、私たちもむやみに力を見せるわけにはいかないわ」

《はぁ……全力のお前と戦いたかったのだがな》

「仕方ないわよ。とりあえず、特殊な力は抜きで――――」

《いざ――――》

一瞬の静寂。

その後、ウサギとイリスは目にも止まらぬ速度で激突した。

「クッ！　ウサギ、魔力の扱いがうまくなってるじゃない！」

《おかげさまで、怪物のような弟子が近くにいたのでなッ！》

「それを言うなら、私だってそうよッ！」

イリスとウサギは、『神威《かむい》』こそ発動していなかったが、それぞれ剣と足に魔力を纏《まと》わせ、周囲に衝撃波が発生するほどの戦闘を繰り広げた。

そんな二人を見て、グロリアは唖然《あぜん》とする。

「あ、あの二人、あんなに強かったのか……？」

「まあ、私たちはそれなりの経験をしてきたのでね」

「……そう言えば、オーディスも見慣れない魔法を使ってたな。一体、君たちに何があったんだ……？」

「ま、私は全力を出す前にウサギに距離を詰められ、負けてしまったがね」

オーディスもイリスたち同様に力をつけていたが、運悪くウサギと戦うことになり、全力を尽くす前に敗れ去っていた。

そういうわけで、事情を知らないグロリアからすれば、イリスたちの戦闘は異次元のもののように見えた。

それは他の『聖』たちも同じだったようで、二人の戦闘を見て驚いている。

中でも主催者であるシュウは、微《かす》かに目を見開きつつ、頰を吊《つ》り上げる。

「素晴らしい……」

狂気を孕《はら》んだ笑みを浮かべるシュウだったが、すぐにいつもの感情を感じさせない笑みに戻る。

だが、その様子をオーディスは見逃さなかった。

「(あの笑みは一体……?)」

「オーディス？　どうしたんだい？」

「いや、何でもない。それよりも……いささか二人の戦闘は激しすぎると思わないか？」

「そうだね……」

頰を引きつらせるオーディスと並んで、グロリアもイリスたちの戦闘を見てどこか引いていた。

というのも、二人がぶつかるたびに周囲の地形が変化し、その上すでに濃い『聖』の気配が、さらに濃密になっていくのだ。

それは、秀《ひい》でた『聖』二人が激しくぶつかり合っている証拠でもある。

「ウサギ、いつの間にこんなに強くなったのよッ！」

《それを言うなら、貴様こそ！　前までは技ばかりで他の技術は疎《おろそ》かだったろう……！》

「ユウヤ君を見て、考えさせられた……のよッ！」

今までのイリスは、当然『剣聖』としての技を駆使して、様々な局面を乗り越えてきた。

しかし、過去に飛ばされ、賢者の修行を受けた優夜《ゆうや》は、他の『聖』たちのような、技という枠組みに囚《とら》われない規格外な力を新たに手に入れていたのだ。

そんな優夜の姿を見て、イリス自身も考えを改め、この日まで技以外の部分を磨いてきたのだが……それはウサギも同じこと。

ウサギはイリスに比べ、基礎となる技術を磨くことを重視し、技はここぞという場面でしか使わないことが多かった。

だが優夜の成長を身近に感じたことで、そこに苦手な魔法なども織り交ぜ、全体的な基礎攻撃をパワーアップさせていたのだ。

こうして激しい打ち合いを続けたイリスとウサギだったが、ついに戦いの終わりが訪れる。

「はぁ……はぁ……これ以上は埒《らち》が明かないわね……」

《そうだな……ならば、最後は……！》

「――『天聖斬《てんせいざん》』ッ！」

《――『聖閃脚《せいせんきゃく》』ッ！》

互いの最強の技が繰り出され、衝突する。

その衝撃は今までの比ではなく、文字通り凄《すさ》まじい『聖』の波動が、聖谷を突き抜け、遠くの地にまで広がっていった。

近場にいた邪獣《じゃじゅう》は軒並み消滅し、魔物たちも戦闘意欲を一時的に失ってしまう。

そして――。

「私の勝ち、ね……？」

《クッ……そうだな……》

最後は、イリスの斬撃を押し切れなかったウサギが、そのまま斬撃の波動に巻き込まれ

……勝敗は決した。

互いにボロボロになりながらもどこか清々《すがすが》しい気持ちでいる二人だったが、突然一人の拍手が聞こえてくる。

「いやはや、実に素晴らしい！」

「シュウ……」

それは、薄ら笑いを浮かべた、シュウ・ザクレンだった。

シュウは両者の間に立つと、そのまま言葉を続ける。

「さすがは『剣聖』イリス……前回に引き続き、今回も優勝してしまうとは。これで名実共に、最強の『聖』という称号は君のものだ」

「……」

賞賛を受けるイリスだったが、シュウへの警戒を続けつつ、黙って成り行きを見守る。

シュウ自身はそんなイリスの様子を気にすることなく、今度はウサギの方に視線を向けた。

「そしてウサギ。君もまた、素晴らしい実力を見せてくれた。元々、君は強かったが、まさかここまでさらに強くなっていたとは……」

《貴様の茶番に付き合うつもりはない。シュウ、貴様は一体、何を考えている？》

ウサギはシュウに向け、そう言い放った。

すると、シュウは一瞬黙ると、周囲を見渡す。

「……そうだな。君らが警戒するのも無理はないか。ならば勝者も決まったところで、私の計画を伝えよう」

「計画ですって？」

何を言い出すのかと身構えるイリスたちだったが、数人の『聖』たちはすでに内容を知っているようで、特に動揺した様子は見せなかった。

「知っての通り、私たちは『聖』として、この世の人間たちを『邪』から護《まも》っている。そうだろう？」

「……何が言いたいの？」

「――――馬鹿らしいと思わないか？」

「！」

それは、狂気の発露だった。

今までシュウの笑みに隠れていたものが、微かに表に出てきたのだ。

「いくら人間を護り続けても、人間が変わらなければ、『邪』は消えない。そこで、私は一つの結論に至った――」

シュウの顔は、ついに薄ら笑いから、獰猛《どうもう》な笑みへと変化した。

「――私たち『聖《せい》』が、人類を管理しようとね」

「なっ⁉」

予想外の発言に、イリスたちが固まる中、シュウは続ける。

「私たちが人類を一括で管理すれば、新たに『邪』が生まれることもなくなるだろう。どうだ？　これ以上ない完璧な計画だとは思わないか？」

「ふざけないで！　そんな考えを許容できるわけないでしょ⁉」

すぐさまイリスはそう詰め寄るが、シュウは理解できないと言わんばかりにイリスを見下す。

「ならば、君はこのまま『邪』を狩り続ける一生を送るつもりか？　我々がいくら努力を重ねようが、根本を変えなければ何も変わらないんだよ」

「たとえそうだったとしても、アンタたちが管理したところで結果は同じよ！　人間の心には必ず負の側面が存在するのよ」

「知っているとも。だから――心を奪うのだ」

「!?」

「心も自意識も、何もかも、我々『聖』が管理する。そこに負の側面が入り込む余地はない。そして、それに抵抗する者がいるというのならば……『邪《じゃ》』の根絶のため、より優れた人間を選定し、間引くしかないだろうな」

「何てことを……!」

《イリス、話すだけ無駄だ。コイツの目は本気だぞ》

ウサギはすでに臨戦態勢をとっており、いつでもシュウに襲い掛かる準備ができていた。

だが……。

「はぁ……残念だ。この崇高な考えが理解できない『聖』がいるとは……所詮、君らも間引かれる側でしかないというわけだな」

「あら、そうかしら？　アンタが開いたこの大会で優勝したのは私よ？　ここで淘汰《とうた》されるべきはどちらかしら？」

勝ち気な笑みを浮かべるイリスに対し、シュウは嘲笑《あざわら》う。

「本気でそう思ってるのか？　何とめでたいことか……残念だが、君らでは私を止められない。それに――」

「なっ⁉」

シュウが合図を出すと、シュウを庇《かば》うように、複数の『聖』たちが前に出てきたのだ。

「ここにはすでに、私の考えに賛同してくれる『聖』たちが集まっている。いくら君たちが強いとはいえ、この人数の『聖』を相手にすることはできまい？」

「生憎《あいにく》だが、私も遠慮させてもらうよ」

すると、成り行きを見守っていたグロリアは、イリスたちの側についた。

「君の考えは、私が面倒を見ている子供たちの存在も否定するものだ。とてもじゃないが、賛同できない」

「私も賛同できないな。管理の果てに、魔法の発展があるとは思えないのでね」

「……そうか。だが、何も問題はない。今一度考え直すといい。これから先、無限に続く『邪』や邪獣との戦いに身を投じるのか、それとも自由な道を選ぶか。我々はいつでも君たちを受け入れよう――」

「！」

次の瞬間、シュウの足元を中心に、光の輪が出現した。

そして、シュウの仲間になった『聖』たちの足元にも、同じ光の輪が出現していく。

「──君たちの賢明な判断を、期待している」

「待ちなさいッ！」

《『神閃脚《しんせんきゃく》』ッ！》

シュウを逃すまいと、ウサギは『神威《かむい》』を発動させつつ、一瞬で距離を詰めた。

だが、シュウの足元に浮かんだ光の輪が、ひと際《きわ》強い輝きを放つと、次の瞬間にはシュウごとその場から消えてしまったのだ。

《チッ！　逃したか……》

「あの力は何なのだ？」

悔しそうにするウサギの隣で、オーディスは先ほどのシュウたちの足元に浮かんでいた光の正体について考えていた。

「我々もかなり特殊な体験をしてきているが、それでも今シュウたちが使った力は見たことがない」

「オーディスがそう言うってことは、アレは魔法じゃないのね？」

「断じて違うな」

「『邪』の気配も感じなければ、『聖』の奥義《おうぎ》ってわけでもない。私たちのように『神威』を身に付けたとも考えにくいし……」

《……何にせよ、非常に厄介なことになったな……》

ウサギの視線の先には、イリスたち側でもなければ、シュウの仲間でもなかった『聖』たちの姿が。

しかし、先ほどのシュウの言葉は確実に彼らの心に影響を与えており、それぞれが深刻な表情で考え込んでいる。

「一体、何が起きてるのよ……」

――優夜《ゆうや》の知らない間に、異世界では不穏な気配が漂い始めるのだった。

第四章　アイドルステージ

アイドルステージに向けて、順調に準備を進めてきた俺たち。

とはいっても、俺にできることは多くなく、裏方でできることを色々やるしかなかった。

それに対してレクシアさんたちは、どんどん練習を重ね、今や本当にすごいスクールアイドルになったと思う。

そして今日が、今までの練習の成果を披露する、ステージ当日だった。

「いやぁ、まさか本当に仕上げてしまうとはね！」

「冗談だったんですか⁉」

本番前に喜多楽《きたらく》先輩と合流したのだが……いきなりそんなことを言われ、俺は唖然《あぜん》とする。

「いやいや、本気だったとも！　だが、非常に厳しいと思っていたのは事実だ。そんな中、君たちは本当にやり遂げてしまった。これは素晴らしいことだよ！」

「は、はぁ……」

レクシアさんたちの頑張りが認められたようで嬉《うれ》しい気持ちもありつつ、無茶だと分かっているならもう少し余裕がほしかったという、何とも言えない気持ちになってしまった。

そして何より――――。

「この企画が進むにつれて、先輩のことをある程度は理解できたつもりだったんですけど……」

「ん？　それは嬉しいね！」

喜多楽先輩は、とにかく楽しいことが大好きで、そのための労力は惜しまず、まさに全力投球といった性格の持ち主だった。

さらに、やりたいことの規模が毎回大きく、今回もスタープロダクションを巻き込んだアイドルステージになったのだ。

とはいえ、プロの芸能プロダクションが、いわゆるビジネスとして成り立つか不透明なスクールアイドルのステージを……それも、芸能プロダクションが自ら企画したものではなく、素人《しろうと》の学生が企画したことに協力するのはかなりイレギュラーなことだと思う。

もちろん、俺から見てもレクシアさんたちは魅力的なので、商業的に見ても成功すると自信を持って言えるが、それがプロから見ても同じなのかは分からないのだ。

そんな中で、喜多楽先輩の尽力もあり、立派な衣装が用意され、何より有名なシンガーソングライターの歌森奏《うたもりかなで》さんに曲まで用意してもらってる時点で、あり得ないほど待遇がいいのだ。

つまり、これ以上のサポートはないと思っていたのだが……。


「ステージがこんなに大きいなんて……」


とてもじゃないが、新人の……それもスクールアイドルが初回で立てるようなステージの大きさじゃなかった。

もっとこう……収容人数が数十人くらいの小型のライブ会場からスタートするのかと思いきや、用意されていたステージは予想以上に大規模な会場だったのだ。

「はははは！　そりゃあ記念すべき初舞台だからね！　これ以上ないほど気合いを入れさせてもらったよ！」

「そ、そうかもしれないですが、お客さんが来てくれるかどうか……」

レクシアさんたちの頑張りを見ている俺としては、たくさんお客さんに来てほしいが、これぱかりは誰にも分からない。

だが……。

「その心配はないよ！」

「え？」

俺は会長が何故そう言い切れるのか分からなかった。だが――。

「さあ、いよいよ開場だよ！」

会長の声と同時に、会場にたくさんのお客さんたちが流れ込んできたのだ！　しかも、よく見ると中学生くらいの子が多い。

これは一体……？

「元々、この企画自体、王星《おうせい》学園に興味を持ってもらう人を増やすために始めたことだからね。スタープロダクションの社長さんたちと協力しつつ、付近の中学校を中心に営業活動をしてきたんだよ」

「な、なるほど」

だから若いお客さんが多いのか。

というより、ちゃんとそこまで考えていたとは……。

喜多楽先輩の行動力に驚いていると、俺たちのいる舞台袖に、レクシアさんたちがやって来る。

「す、すごい数の人だね……」

「こんなに大勢の前で披露するのか……？」

「緊張してきました……」

楓《かえで》、ルナ、メルルの三人は目の前に広がるお客さんの人数につい圧倒され、どこか自信をなくしかけていた。

「大丈夫だよ！　皆の頑張りは俺も見てたし……絶対成功するから！」

これは俺の本心だ。

お客さんがちゃんと来るかどうかは俺にはどうすることもできないことだったが、こうしてたくさんのお客さんたちが来てくれたのなら、絶対に満足してもらえると俺は信じていた。

すると……。

「ユウヤ様の言う通りよ！」

レクシアさんが、楓たちの前に立ち、胸を張った。

「私たちは頑張ってきたんだし、大丈夫よ！」

「れ、レクシアとユティは緊張しないのか？　こんなに人前で歌と踊りを披露するんだぞ？」

「私は慣れてるからね」

確かに、王女であるレクシアさんは、人の目を多く向けられる立場だったわけで、このくらいの状況は平気なのか……。

だとすると、ユティはどうして？

「普通。ただ練習通りやるだけだから、客は関係ない」

「か、関係ないって……」

な、なるほど……とてもユティらしい理由だった。

すると、レクシアさんはそんなユティの言葉を聞いて、笑みを浮かべる。

「ユティの言う通り、ただ練習してきたことを披露すればいいのよ。別にそれ以上のものを見せようとか、考える必要はないの。だって、練習の時から全力だったでしょ？」

「それは……」

「いつもと違うのは、楽しむことだけ！　だってこの企画がこれから先どうなるか分からないのよ？　もしかするとこれが最後かもしれない。だったら、悔いなく全力で、この状況を楽しみましょ！」

「そう、だね……！」

「ふふ……レクシアさんのおかげで、緊張がほぐれました」

皆、緊張していた表情から、生き生きとした笑顔に変わった気がした。

その様子を見ていた喜多楽先輩は、ニヤリと笑う。

「うんうん、実に素晴らしい！　これこそ舞台裏の醍醐味《だいごみ》だとは思いませんか？」

「――確かに、そのとおりね」

「うぇ!?　しゃ、社長さん!?　それにカメラ!?」

「優夜君、久しぶりね」

不意に聞こえてきた声に反応すると、そこにはスタープロダクションの社長さんが、カメラマンを連れて立っていたのだ。

「ど、どうしてここに!?」

「そりゃあウチが協力している企画なんだし、見に来るのは当然でしょ？　それに、この舞台裏でもしっかり密着映像を撮っておけば、別の企画に使えるかもしれないじゃない？」

「な、なるほど……」

「はぁ……ただ、その密着相手が私であることは、少し予想外でしたがね」

すると、今まで強引な印象だった喜多楽先輩が、少し呆《あき》れたようにそう告げた。

「え、密着してる相手って喜多楽先輩なんですか？」

「そうよ。今回、スクールアイドルをすることになった子たちにいきなり密着しても、萎縮させちゃうでしょ？　それなら彼に密着して、こういったタイミングで彼女たちもカメラに収めることができれば一番だと思わない？」

「そ、それはまあ……」

「何より、私としては喜多楽君にも十分アイドルとしての素質があると思っているのよ！」

「ははははは！　芸能事務所の社長にそう言ってもらえるのは光栄ですね！　でも、まだまだ他にやりたいことがあるので、その話はまた別の機会にお願いしますよ！」

「あら、フラれちゃったわ」

な、何と言うか、喜多楽先輩って本当にすごいんだな……。

そんなことを考えていると、ついにステージが始まることに。

「――皆、行くわよッ！」

レクシアさんの最後の掛け声に合わせ、皆が元気よく返事をすると、そのままステージへ飛び出していった。

スポットライトを浴びて、初めてステージの上に立つ彼女たちは、誰よりも輝いて見えた。

観客は彼女たちの姿に目を奪われ、一気に引き込まれていく。

そして、そんな観客の心を、彼女たちは歌とダンスで摑《つか》んでみせたのだ。

「すごい……」

一人がポツリとそう呟《つぶや》くと、その声に釣られるように、多くの観客がどんどん歓声を上げ始め、最後は会場全体が大盛り上がりとなった。

――こうして、最初のアイドルステージは無事、成功するのだった。

＊＊＊

アルセリア王国の第一王女・レクシアが、チキュウと呼ばれる異世界で、何故か『アイドル』として歌と踊りを披露している頃――。

「はぁ……」

アルセリア王国の国王にして、レクシアの父親であるアーノルドは、執務室で重いため息を吐《つ》いていた。

その様子を見て、レクシアの護衛を務めていた騎士隊長のオーウェンは、頭を抱える。

「はぁあ……」

「……陛下」

「はあああぁ……」

「陛下ッ！　いい加減、ため息を吐くのはおやめください！」

ついに耐え切れず、オーウェンがそう叫ぶも、アーノルドはそれを気にした様子もなく、肘をつく。

「うるさい。余の心労がお前には分からんのか？」

「心労だなんて大げさな……ただレクシア様が留学に行かれただけでしょうが」

「それが問題なのだろうが！」

先ほどからアーノルドがため息を吐いていたのは、現在優夜《ゆうや》の元で地球に留学している娘のレクシアのことを考えていたからだった。

「何をおっしゃるのですか。元々レクシア様の留学は決まっていたことでしょう？　ただ、その留学先が変わっただけで……」

「その留学先が別の世界だなんて思いもしなかっただろうが！」

「それはそうかもしれませんが……」

「それに……男と同じ屋根の下で暮らすなど……ぬがあああ！　やはりダメだ！　今すぐにでもレクシアを連れ戻してこい、オーウェン！」

「そんなことできるわけないでしょうが！」

そう言いながら大暴れするアーノルドを、オーウェンは必死に宥《なだ》めた。

「そもそも、異世界に向かうには、ユウヤ殿の力が必要なのですぞ？　そのユウヤ殿の家は、かの【大魔境《だいまきょう》】の中……そう簡単に訪れることなどできません」

「何故《なぜ》そんな危険な場所に住んでおるのだ！」

「……はて、何故でしょう？」

優夜は偶然【大魔境】の賢者の家を譲り受けたのであって、最初からその地で暮らすことを考えていたわけではない。

しかし、そんな事情を知らない二人には、わざわざ危険な場所を選んで生活している奇特な存在として見られていた。

「で、ですが、ユウヤ殿の実力であれば、あの地で暮らすことも問題ないのでしょうな」

「そうかもしれんが、レクシアは違うぞ！　それに、万が一ユウヤ殿と何かあったら……！」

「それはいいことではありませんか。ユウヤ殿と確実な繋《つな》がりができるわけですし」

「ぐぬぬぬ……」

オーウェンの言葉に、アーノルドは言い返すことができなかった。

というのも、アーノルドも優夜の優れた実力は理解しており、そんな優夜とレクシアが結ばれれば、優夜の力や、その血を王族に迎え入れることが可能になる。

だからこそ、国王として考えればレクシアと優夜が結ばれることは大歓迎だった。

だが……。

「余も分かっておる……分かっておるが！　辛《つら》いものは辛いのだあああ！」

「はぁ……面倒くさい……」

「貴様、面倒くさいと言ったか⁉」

「いいえ？」

シレっと嘘《うそ》を吐くオーウェン。

国王にここまで砕けた調子で接することができるのは、オーウェンとアーノルドが昔からの関係であり、なおかつこの場に二人しかいないからだった。

「第一、ユウヤ殿がそんなことをする御仁には思えませんけどね」

「……それはそうだな」

アーノルドは、優夜の人となりを思い出し、ふと冷静になった。

「しかし、異世界か……話には聞いていたが、まさか我が娘が行くことになるとはな……」

「そうですね……レガル国が召喚した聖女《せいじょ》のこともあり、異世界という存在自体は知られていましたが、まさかユウヤ殿もその世界の御仁だったとは驚きです」

「まあな。ただ、納得もできる。ユウヤ殿の潜在能力は、まさに、歴史上の勇者や聖女のような者たちと遜色ないからな。ユウヤ殿がこの世界に居を構えておらず、異世界にいたのなら、レガル国の聖女に代わって召喚されたのはユウヤ殿だったかもしれん」

「確かに……」

そこまで語ったアーノルドの表情は、どこか真剣なもので、オーウェンは首を傾《かし》げる。

「陛下、どうされましたか？」

「いや、な……レガル国の聖女やユウヤ殿は我々に好意的だからいいが、すべての異世界人がそうだとは限らない。そして、もし異世界の人間全員が、ユウヤ殿のような力を有しているのだとすれば、我々は対抗できるのかとな……」

「それは……」

アーノルドの語る内容を想像し、オーウェンは表情を硬くした。

オーウェンは【大魔境】で優夜に助けられているからこそ、アーノルド以上に優夜の実力を理解している。

優夜の実力は、この世界の最強戦力である『聖《せい》』に匹敵するか、あるいは、それ以上だとオーウェンは考えていた。

そんな実力を持つ者たちが、まだ異世界には無数に存在し、それらがもしアーノルドたちの暮らす世界を侵略しようとしてきたら……もはや打つ手はないだろう。

「はぁ……そのことを調べる意味でも、レクシアの留学は渡りに船だったのだろうな……」

「そ、そうですね。ぜひともレクシア様には、異世界の情報や技術を少しでも持ち帰ってきていただければ……後、何かあった時のためにも、いつでもユウヤ殿に助けてもらえるよう、できればユウヤ殿との関係性も深めていただきたいものです」

「それは許さあああああん！」

「この流れで⁉」

まさか否定されるとは思わず、オーウェンはツッコんだ。

「それとこれとは話が別だ！」

「何が別なんですか！　いいじゃないですか、ユウヤ殿。これ以上ない素晴らしいお方ですぞ？」

「確かにユウヤ殿は素晴らしい御仁だろう！　レイガーの問題も解決してくれた上に、話してみると非常に謙虚でいい青年だ！　……あれ、とてもいいのでは……？」

「だからそう言ってるでしょうに……」

改めて優夜の人となりを思い返し、特別、彼を否定できる点が見つからず、アーノルドは愕然《がくぜん》とした。

しかし、すぐにかぶりを振る。

「い、いや、ダメだダメだ！　余は認めんぞ！　レクシアに……レクシアに彼氏なんて……認めてたまるかああああ！」

「はぁ……一体、いつ子離れできるのやら……」

暴れるアーノルドを横目に、オーウェンは深いため息を吐く。

すると、アーノルドは何かに気づいた。

「ハッ⁉　余が知らぬだけで、もしやすでにレクシアとユウヤ殿は結ばれていたり⁉」

「いやぁ、それはないでしょう」

「何故そう言い切れる⁉　レクシアはあんなにも可愛《かわい》いのだぞ！　男なら付き合いたいと思うだろう⁉」

「ユウヤ殿に限って、それはなさそうですが……」

「レクシアが可愛くないと言いたいのかあああああ⁉」

「めんどくせぇ！」

鬱陶しいアーノルドの反応に、オーウェンは思わずツッコんだ。

しかし、アーノルドの暴走は止まらない。

「そ、そうだ！　レクシアがいない今こそ、部屋に男の影がないか調べられる貴重な状況ではないか⁉」

アーノルドの口から出た言葉に、オーウェンは耳を疑った。

「は？　へ、陛下、もしやとは思いますが……レクシア様の部屋を調べると？」

頬を引きつらせるオーウェンをよそに、すでにアーノルドは動き始めていた。

「オーウェン！　今すぐレクシアの部屋へ向かうぞ！」

「いやいやいや！　勝手にレクシア様の部屋を調べるなど……レクシア様が黙っていませ

んぞ！」

「ええい、うるさい、うるさい！　こんな時でもないと娘の状況を確認できんだろうが！」

「そんな堂々と情けないこと言わないでください！　って、あ、本当に調べるんですか⁉　絶対怒られますって！」

ずんずん突き進んでいくアーノルドの後を、オーウェンは追いかけた。

「はぁ……こう、一度決めたら突き進むところ……本当にレクシア様にそっくりだ……」

「何か言ったか？」

「いえ、何も……ただ、本当にやるんですか？」

「くどい。調べると言ったら調べるのだ」

「嫌われますよ？」

「ふぐぅううううう⁉」

そのオーウェンの言葉は、アーノルドの胸に深く突き刺さった。

というのも、ただでさえ最近はレクシアからのアーノルドの扱いが雑になってきているのだ。

ここで本当に嫌われてしまえば、アーノルドは立ち直れる自信がなかった。

しかし……。

「それでも……それでも親として知っておくべきことがあるのだ……！」

「絶対普通じゃない……」

もはやこれ以上何を言われても心が動かないアーノルドは、ついにレクシアの部屋に踏み入った。

中に入ると、どこか可愛らしい雰囲気で、派手な物は置かれていないものの、ちょっとした調度品にレクシアの好みが表れている。

メイドたちによって常に綺麗《きれい》に掃除されており、清潔な空気が漂う部屋だったが、唯一異様な気配を放つ物が置かれていた。

「な……何だこれは……⁉」

それは、優夜《ゆうや》を描いた一枚の絵画だった。

しかも、異常なほどに大きい。

そんな大きなキャンバスに描かれている優夜は、鎧姿《よろいすがた》で魔物を相手にカッコよく躍動している姿だった。

ただ、どこか少女漫画チックというか、無駄にキラキラしているような……。

予想外の絵画に驚くアーノルドに対し、オーウェンは思い出したように手を打った。

「おお、そう言えば……前にレクシア様が著名な画家を招いて、何か描かせていましたね。その時は何を描かせていたのか知りませんでしたが……まさかユウヤ殿だったとは……」

実はレクシアが、優夜と初めて出会った頃、優夜の姿が忘れられず、わざわざ画家を呼び寄せ、自身の記憶を頼りに優夜の絵を描かせたのだった。

描いたのはアルセリア王国でも有名な画家だったが、レクシアは容赦なく様々な要求をぶつけたのである。

『全然ダメじゃない！　ユウヤ様はもっとカッコいいの！』

『なーんか迫力が足りないのよねぇ……もっとこう、ズバーッて感じに描けない？』

『ちょっと！　輝きが足りないわ！　もっと輝かせてちょうだい！』

被写体があるわけでもなく、レクシアの抽象的な要望通りに描くのは、どんなに実力のある画家にとっても非常に難しい。

その結果、招かれた画家は、確かな腕を持っていると自負していたその心を、へし折られることになるのだった。

オーウェンの言葉を聞いたアーノルドは、茫然《ぼうぜん》としながら呟《つぶや》く。

「こ、ここまでレクシアがユウヤ殿のことを想《おも》っているとは……」

「まあ出会いが出会いでしたからな。それに、実際ユウヤ殿はいい殿方ですし」

「……レクシアとユウヤ殿が結ばれる可能性は？」

「うーん……何とも言えませんなぁ……レクシア様は陛下に似て情熱的ですが、ユウヤ殿がかなり控えめな性格ですから。ただ、完全に脈がないとも言い切れないかと」

「そうか……」

娘の強い想いを知ったアーノルドは、そのままとぼとぼと自室に戻る。

「娘の成長を見守るのは楽しいが……こういうのは辛《つら》いなぁ……」

「親の心より、子の幸せですぞ」

「そうだな……」

留学中のレクシアを想うアーノルド。

今日もアルセリア王国は平和だった。

＊＊＊

「やはり、アイドルと言えば撮影会だろう！」

ステージ終了後、そのまま撤収作業に入ると思っていたところに突然、喜多楽《きたらく》先輩がそんなことを口にした。

俺が聞き馴染《なじ》みのない言葉に首を捻《ひね》っていると、喜多楽先輩が教えてくれる。

「アイドルと一緒に写真を撮りたい人は多いだろうからね」

「な、なるほど……」

とはいえ、今日初めて聞かされた話なので、レクシアさんたちがどう反応するかと思っていると……。

「その写真って言うのはよく分からないけど、いいんじゃない？」

「おい、訳も分からないものをそう安請け合いするんじゃない」

「でも、せっかく用意してくれたのよ？　それに、お客さんとの交流会みたいなものでしょ？　今日、来てくれたわけだし、最後までいい思い出にしてもらわなくちゃ！」

レクシアさんのその言葉が決め手となり、なんと撮影会が行われることに。

てっきりアイドル好きな男性のお客さんが多いのかなと思っていたが、そもそも喜多楽先輩が営業した先が中学校中心だったこともあり、女の子のお客さんも多く、レクシアさんたちとの写真撮影を楽しんでいた。

レクシアさんたちも写真がどういうものか最初はよく分かっていなかったようだったが、

すぐに理解すると、お客さんが楽しんでくれるように色々と工夫し、アイドルらしいポーズをとるようになった。

「あ、あの！　一緒に写真いいですか⁉」

「ん？　いいぞ。ほら、もっとこっちに寄れ」

「ひゃあああ！」

ルナは女の子のお客さんの手を颯爽《さっそう》と引くと、そのまま抱きとめるようにして一緒に撮影する。

また、別のお客さんは、ユティとメルルと写真を撮っていた。

「その……二人同時でもいいですか？」

「肯定。問題ない」

「フフ。それでは、ユティさんと私の間にどうぞ」

一方楓《かえで》は……。

「写真、お願いします！」

「わ、私⁉」

「はい！」

女の子の圧力に押されつつ、どこか恥ずかしそうに微笑《ほほえ》んで写真を撮っていた。

そしてレクシアさんは……。

「ほら、もっと優雅にキメなさい！」

「こ、こんな感じでしょうか⁉」

「あら、いいじゃない！　その調子で撮るわよ！」

何故《なぜ》かお客さんにポーズを指導しながら写真撮影していた。

こうして順調に撮影会が進行していると……。

「あ、あの！　さっきのステージ、本当によかったです！　それで、あの……！」

それはおそらく中学生の男の子で、レクシアさんたちにステージの感想を伝えようとしているようなのだが、緊張しているせいか中々言葉がまとまっていなかった。

とはいえ、まだまだ列に並んで撮影を待っているお客さんもいるため、この男の子だけに時間をかけるわけにもいかない。

レクシアさんたちは真剣にその子の感想を聞いているし、俺としてもこのまま会話させてあげたいが……。

「おい！　いつまで待たせるんだよ！」

順番を待っていたお客さんの一人が、しびれを切らしてそう口にした。

俺はすぐにそれに反応すると、いら立っているお客さんに近づく。

「すみません、もう少しお待ちいただけないでしょうか……」

「もう少しって……俺だって早、く……」

「？」

一瞬、声を荒らげようとした男性だったが、何故か俺の顔を見ると、途端に大人しくなった。

よ、よく分からないけど、ひとまず続けよう。

「大変申し訳ございません。レクシアさんたちは、皆さまお客様との時間を大切にされているので、少し時間がかかっていますが……もう間もなく順番が回ってきますので……」

「そ、そうか……それなら、まあ……」

「ご理解いただき、ありがとうございます」

お客さんはそう言うと、言葉を引っ込めてくれた。

や、優しい人で良かったと安心しつつ、俺はレクシアさんたちに熱い思いを伝えている男の子に近づく。

「すみません、お客様。今回のステージを楽しんでいただけたようで、本当にありがとうございます。ただ、今回はお時間の都合もございますので、また別の機会にぜひよろしくお願いいたします」

なるべく相手が不快にならないよう、その男の子に、俺はできるだけ優しくそう伝えた。

すると、その子は俺を見て一瞬驚いたようだったが、すぐに申し訳なさそうにする。

「ご、ご、ごめんなさい！　緊張していて、つい……」

「いえいえ。それだけ楽しんでもらえたということで、こちらとしてもありがたい限りです。それじゃあ最後に、写真を撮りましょう」

「そうね！　最後までいい思い出にしてちょうだい！」

こうして無事、男の子との写真を撮り終え、しばらくして先ほど順番待ちをしていたお客さんの番になったのだが……。

「そ、その……できれば、そこのスタッフさんも一緒に撮ってもらえるか？」

「へ？　お、俺ですか？」

まさか俺を指名してくるとは思ってもおらず、驚いていると、そのお客さんは頬をかく。

「お、俺があんな風に態度悪くても、ちゃんと俺の目を見て話を聞いてくれたのが嬉《うれ》しくて……だ、ダメかな？」

「い、いえ、ダメというわけでは……」

ただ、俺なんかが写真に入っていいんだろうかと首を捻っていると、何故かレクシアさんが重々しく頷《うなず》いていた。

「分かる……分かるわ……！　ユウヤ様の優しさに惹《ひ》かれて、推しちゃうのよね！　でも、ユウヤ様のファン一号は私だからねッ！」

「何を張り合ってるんだ……」

「敗北。ユウヤに負けた……」

「何の話!?」

ルナやユティからのツッコミが入る中、結局俺も入った状態で写真を撮ることに。

そんなちょっとした出来事がありつつも、最後は皆笑顔で撮影会を終えることができたのだった。

＊＊＊

レクシアたちを先に帰らせ、優夜《ゆうや》がステージの後片付けを手伝っている頃。

ステージを見守っていた喜多楽は、次のことについて考えていた。

「今日のステージは大成功といってもいいのではないでしょうか??」

「そうね……まさか、ここまでのステージを仕上げてくるとは思いもしなかったわ」

少し興奮した様子でそう口にするのは、スタープロダクションの社長。

日々、様々な芸能人を目にしている社長から見ても、レクシアたちのステージは素晴らしいものだったのだ。

「アレだけ目を惹くビジュアルに、歌とダンスも加わって、さらに性格もいいとなると……売れない要素が見当たらないわねぇ。最初はどうなるかと思ったけど、これなら……この子たち、ウチで引き取ってもいいわよ？」

どこか探るようにそう告げる社長に対し、喜多楽は笑みを浮かべる。

「ははは！　それは彼女たちに聞いてください」

「……食えないわねぇ。それよりも、今後はどうするつもりなの？」

社長にそう訊《き》かれた喜多楽は、どこか遠くを見つめた。

「そうですね……まずはあの五人を中心に企画を進めつつ、メンバーを増やすか、または別のアイドルグループを作るなどしていくかと思います」

「なるほどね。もちろん、それには私たちも協力させてもらえるんでしょ？」

「手伝っていただけるのならぜひ」

「ここまで来て、ハイさよならは私が許さないわよ」

「はははは、それは怖いですね。それと、今回のステージが成功したので、オープンキャンパスにも彼女たちを活《い》かせそうだなと思いまして……」

「そう言えば、王星《おうせい》学園を志望する生徒を増やそうって考えからの企画だったわね。今考えても、相当めちゃくちゃだと思うけど……大丈夫かしら？　王星学園は他の学校と違って、内面重視でしょう？　いきなり入学希望者が多くなると、色々と大変そうだけど……」

「そこはまぁ、先生方に頑張ってもらいますよ」

「清々《すがすが》しいほどに他人《ひと》任《まか》せなのねぇ。これは生徒会の子たちも振り回されるわけね」

こうして、喜多楽は次の計画として、オープンキャンパスを見据え始めているのだった。

＊＊＊

「ふぅ……すっかり遅くなっちゃったな……」

ステージの撤収作業を終え、ようやく帰路に就いた俺。

その最中、頭に浮かんだのは、レクシアさんたちの姿だった。

「皆、綺麗《きれい》だったなぁ……」

今まで頑張ってきたこともそうだが、ステージで踊るレクシアさんたちは、キラキラ輝いて見えた。

何か一つの目標に向かって頑張れる人は、それだけですごいんだ。

「……それに比べて、俺は……」

レクシアさんたちはこの世界の技術や文化を、アルセリア王国に少しでも持ち帰るために留学しにきている。

楓だって、今回のアイドルステージの練習だけでなく、部活も頑張っている。

皆、何かしら目標を持って生きているんだ。

それなのに、今の俺には何の目標もない。

異世界に行ってから、色々な経験をしてきたけど、これから先、自分がどうしたいのか……何も考えていなかったのだ。

「俺、この先、どうなるのかな……」

漠然とした未来への不安に、思わず空を見上げる。

そんなことを考えながら歩いていると――――。

「え⁉」

突然、空が赤く染まった。

それは夕焼け色とかそんなレベルではなく、文字通りに、空が真っ赤に染まり上がったのだ。

「何が起きたんだ⁉」

しかも、異変が起きたのは空だけではなかった。

周囲の建物こそいつも通りだが、何故か辺りに人のいる気配が一切しないのだ。

謎の現象に困惑する俺に、背後から声がかかった。

「――見つけた」

「え？」

慌てて声の方に振り向いた俺は、絶句する。

何故ならそこには――。

「お前を、倒す」

――レベルアップする前の姿の俺が、立っていたのだった。

第五章　もうひとりの優夜

俺は目の前の状況に頭が追い付いていなかった。

何故《なぜ》なら、今俺の目の前に立っているのは、間違いなく『俺』自身なのだ。

それも、レベルアップする前の……。

一瞬、夢か何かの勘違いかと思っていると、俺の中にいるクロが、驚いた様子で声を上げた。

『おいおい、何だよこの状況。姿は違うが……俺には分かる。アレはお前だ。いや、どうしてお前がもう一人いるんだ？　……つか、何で見た目が違うんだよ』

クロも状況が理解できていないようで、困惑している。

そんな言葉を失う俺たちに対し、目の前の『俺』は口を開いた。

「……どうしてそんな姿になってるのかは分からないけど、お前は……俺、だよな」

「そ、それを言うなら俺の方だって！　何で俺がもう一人いるんだ⁉」

だが、俺の問いかけに対し、目の前の『俺』は答えない。

そして――。

「――ごめん」

「なっ⁉」

次の瞬間、『俺』の姿が一瞬消えたかと思うと、いきなり俺の懐《ふところ》に潜り込まれ、そのまま心臓を貫くように貫《ぬ》き手《て》を繰り出してきたのだ。

しかもよく見ると、『俺』の手には紫色のオーラが！

「それは、妖力！」

『俺』が使っている力は、妖力に違いなかった。

確かに今の俺は妖力を扱えるようになったが、目の前の『俺』のように、レベルアップする前は妖力の存在すら知らなかったため、もし眼前の人物が『レベルアップ前の俺』だったとすると、そんな『俺』が妖力を使えるはずがないのだ。

驚きを隠せない俺に対して、逆に『俺』も目を見開いている。

「よ、妖力を使っていないのに避《よ》けられた⁉」

確かに今の俺は妖力を使っていないが……もし今の俺のことを知っているのなら、俺が異世界でレベルアップして身体能力が向上していることも知っているはずだ。

だが、この様子を見る限り、そのことを知らないらしい。

こ、この『俺』は一体……？

「ちょ、ちょっと待ってくれ！　君は……一体何者なんだ⁉　どうして俺を攻撃してくるんだ！」

「ッ！」

しかし、『俺』は話し合いに応じるつもりはないようで、攻撃を再開する。

『俺』が両手を広げると、その間に無数の紫の球体が浮かび上がった。

「『妖玉』！」

「くっ⁉」

その攻撃は、冥界で空夜《くうや》さんが怪物相手に使っていた技に他ならなかった。

だが、俺はこの技の使い方なんて知らない。

つまり、『俺』は俺以上に妖力の扱いに長《た》けていることになる。

妖力の塊がマシンガンのように俺の方に降り注ぐも、俺はそれらを『魔装《まそう》』や『聖王威《せいおうい》』を発動させ、避け続けた。

「何だよ、その力は……！　やっぱり俺が、一番の障害物になるのか！」

「し、障害物……!?」

俺の力を見て、目を見開く『俺』だったが、すぐに攻撃の手数を増やしていく。

純粋に妖力の塊の数を増やすだけでなく、別の妖術も多用してきたのだ。

「『妖鎖《ようさ》』!」

「なっ!?」

いきなり俺の足元から紫色の鎖が噴出すると、手足に巻き付いてきて、がっちりと固定されてしまう。

何とか脱出しようとするが、まるでびくともしない。

「無駄だよ。それは妖力の鎖だ。普通の力じゃ壊すことはできない」

つまり、この鎖は一種の妖魔と同じような存在であり、妖力を使わないと破壊できないというわけか……。

それなら……!

「はあああっ!」

「何ッ!? 妖力も使えるのか!」

俺が今まで妖力以外の力で戦っていたからか、そんな俺が妖力を使用して鎖を破壊したことに『俺』は驚く。

そして、俺はそのまま『俺』に向かって、突撃した。

「ひとまず、制圧して話を聞かせ……！」

「そう来るならッ！　『冥府の門』！」

一瞬で距離を詰めた俺だったが、『俺』は両手に妖力をかき集めると、両手を打ち鳴らした。

すると、妖力の衝撃波が音に乗って一気に広がり、俺へと襲い掛かった。

たまらず距離をとった俺だったが、『俺』の攻撃はそれで終わりではなかった。

『俺』が再び手を広げると、その間に深い闇の渦が出現したのである。

そして、『俺』がその渦を地面に叩《たた》きつけると、地中からおどろおどろしい気配を放つ、さび付いた門が顕現したのだ。

その門が静かに開くと、中から大量の妖魔たちが一気に溢《あふ》れ出てきた！

「なっ⁉」

「俺は……俺は、この世界を支配しないといけないんだ……！」

「何だって？」

『俺』が放った予想外の言葉に驚く俺だが、門から出現した妖魔たちは、お構いなしに俺へと襲い掛かってくる。

「……ますます、話を聞く必要が出てきたな」

俺は【全剣《ぜんけん》】を取り出すと、静かに構える。

「その武器は一体……それに……今、どこから取り出したんだ……？」

『俺』が驚いているのをよそに、俺は『聖王威』、『聖邪開闢《せいじゃかいびゃく》』、『魔装』、そして妖力をフルに活用し、妖魔たちを次々と斬り伏せていった。

……神威《かむい》を使用するのを控えているのは、まだ『俺』がどんな技を隠し持っているか分からないため、切り札にとっておこうと思ったからだ。

それ以外の力をすべて活用し、門まで近づくと……。

「はあああああっ！」

「な、何ッ⁉」

俺は門を一太刀で叩き斬った。

斬り倒された門は、そのまま砂のように崩れ去り、消えていく。

門が消えると、妖魔たちも新たに出現することはなくなった。

「これで、話ができるな」

俺は警戒しながらそう告げるが、『俺』はまだ諦めていない様子だった。

「まだだ……俺は、諦めるわけにはいかないんだ！」

『俺』はそう叫ぶと、胸に手を当てる。

そして――――。

「――――『霊装』、解放！」

「なっ⁉」

突如、『俺』の体から、不思議なオーラが立ち上った。

その揺らめくオーラは、一見白色のように見えるが、よく見ると様々な光が煌《きら》めき、まるでプリズムのようだ。

そしてそのオーラに、俺は見覚えがあった。

「その力は……霊力⁉」

そう、冥界で怪物たちと戦う際に、妖力を持たないゼノヴィスさんやアーチェルさんが使っていた力だ。

何より、この力は……。

「待ってくれ、霊力は確か、死んだ者にしか使えないんじゃ……！」

「――そうだよ。俺はもう、死んでるんだ」

「！」

『俺』の言葉に、俺は絶句した。

し、死んでるだって？　それじゃあ、今目の前にいる『俺』は一体……。

すると、今まで黙り続けていた『俺』が、静かに語り始めた。

「……俺は、この世界とは異なる……いわゆる並行世界からやって来たんだ」

「並行世界⁉」

「そうだ。そこで俺は、何事もなく平和に暮らしていたんだ……ヤツらが来るまでは」

そう告げる『俺』の声には、怒りや悲しみ、そして悔しさがにじみ出ていた。

「ある日突然現れたそいつは、あらゆる次元の世界を支配することを目的に、次々と世界を支配し、滅ぼしていた。そして、俺たちの世界もそいつに目を付けられ……滅ぼされた」

「そんな……」

「だがヤツは、俺を復活させ、一つの条件を与えてきた。その条件は、別の俺が存在する世界を支配し、そいつに献上すること……それさえ達成できれば、俺たちの世界を元通り

に戻してやるって……！」

『俺』の世界を滅ぼしたヤツは、死んだ人間を生き返らせたり、滅ぼした世界を復活させられるほどの力を持っているのか？　一体、何者なんだ……。

驚く俺をよそに、『俺』は決意の籠もった視線をこちらに向けてきた。

「だから俺は！　たとえこの世界の人に恨まれようとも！　俺の世界の大切な人を取り戻すために戦うんだ！」

『俺』は、自分の大切な人を取り戻すために、こうしてこの世界に乗り込んできたのだという。

でも……。

「確かに……君にとっては、この世界は自分の世界を復活させるための場所でしかないのかもしれない。でも……俺にとっては、何よりも大切な世界なんだ。だから……」

俺は改めて【全剣】を構え、『俺』に突きつける。

「この世界は、渡さない」

「……分かっているさ。俺が、この世界の敵であるってことは……だから俺は、自分の世界を取り戻すために……」

「俺は、この世界を護《まも》るために……」

「「お前を倒すッ！」」

そして、同時に俺と『俺』は激突した。

神威以外のすべての力を使っているにもかかわらず、『俺』は身体能力でも俺に拮抗《きっこう》しており、その上、俺が見たこともない技をどんどん多用してくる。

だが、それは『俺』としても同じことだった。

「ハアッ！」

「クッ⁉　妖力と霊力で強化してるというのに……！　『妖霊破《ようれいは》』！」

その瞬間、『俺』は右手に妖力を、そして左手に霊力をかき集め、それを混ぜ合わせると、完成したエネルギーの塊をこちらに向けて放った。

俺は何とかその攻撃をかわすが、その隙を突いて、『俺』は別の妖術を発動させる。

「『絶縛《ぜつばく》』！」

「うっ⁉」

それは、先ほども『俺』が使ってきた妖力で生み出された鎖で、俺はギリギリのところでかわしたつもりだったが、足を取られてしまった。

その上、先ほどと違って、鎖に妖力だけでなく霊力も練り込まれたことで、より頑丈になり、俺の妖力だけでは断ち切ることができない。

妖力の扱いに関しては、『俺』の方が圧倒的に格上だった。

「一瞬の隙さえあれば……！」

そして、再び妖力と霊力の塊を放つ『俺』。

そんな中、俺は冷静にそれを見つめ、剣を構える。

初めてゼノヴィスさんに修行をつけてもらった時と比べて、俺の剣の腕は遥《はる》かに向上していた。

だからこそ……。

「はあああああああああ！」

俺は『妖霊破』を斬り裂くと同時に、拘束も破壊する。

そのまま俺は『俺』の懐《ふところ》までウサギ師匠の技である『三神歩法』を利用して距離を詰め、潜り込んだ。

「しまっ⁉」

「うおおおおおおお！」

俺は渾身《こんしん》の力を込め、『俺』の腹に拳を叩きこむ。

『俺』は咄嗟《とっさ》に霊力と妖力で腹部を強化したようだったが、俺の全力に耐え切れず、そのまま大きく吹き飛んだ。

「う……そ、そんな……」

「……俺の、勝ちだ」

俺が『俺』に剣を突きつけ、そう宣言すると、『俺』は悔しそうに唇を噛《か》み、やがてそのまま倒れ込んだ。

「おい！」

「はぁ……はぁ……結局、あの時と同じで……俺は弱いまま……何もできなかった……」

悲し気にそう告げる『俺』を見て、俺は何も言うことができない。

「……分かってたんだ。俺が間違ってるって……この世界で生きてる人間を支配して、アイツに献上するなんて……できるわけがない。そんなこと、アイツとやってることは同じだって……分かってたんだ」

「……」

「それでも俺は……もう一度、自分の世界を取り戻したかったんだよ……」

必死に涙を堪《こら》える『俺』。

この『俺』もまた、そのヤツという存在が現れるまでは、俺と同じく平和な日々を過ごしていたのだろう。

それこそ、俺と違って妖力の扱いにも長《た》けているし、もしかしたら、生まれた時から妖力が使えたのかもしれない。

空夜《くうや》さんと同じような、妖術使いが溢《あふ》れている並行世界だった可能性だってある。

『俺』はよろよろと体を起こすと、俺に頭を下げた。

「……俺の我儘《わがまま》に巻き込んで、ごめん」

「……それよりも、この後どうするんだ？」

『俺』は、ヤツとやらの力で復活させられているらしいし、その理由もこの世界を支配しろというものだ。

だが、『俺』は俺に敗れ、その条件を果たすことができない。

「……分かってると思うけど、失敗した俺は、また消されるだろう。所詮俺の命は、アイツの手の中でしかないんだ。この命ももうじき終わるだろう」

「……」

俺が『俺』にかける言葉を探している瞬間だった。

「──終わるのは、一人ではないですけどね」

「⁉」

「な、何故《なぜ》お前がここに……⁉」

音も気配も何もなく、いきなり目の前に一人の男が姿を現した。

その男は、スーツ姿にのっぺりとした仮面をつけており、何より気配がまったくつかめない。

だからこそ、俺は何の構えもとることができなかった。

「さようなら」

無防備な俺へと突き出される男の貫き手《ぬきて》。

その手がまさに、俺に触れようとした時──。

「ぐっ！」

『俺』が、俺を庇《かば》って……男に胸を貫かれたのだ。

男は一瞬、『俺』を見て目を見開く。

「しぶといですねぇ……」

「離れろおおおおおおおおおお！」

「おっと」

俺はすぐに【全剣《ぜんけん》】を振り抜き、男に斬りかかるが、男はその攻撃を軽やかに避けたのだ。

「これはこれは……中々厄介な武器をお持ちで……」

そして男は、俺の手にする武器をじっとりと見つめると、そのまま背を向ける。

「何はともあれ、存在は確認できました。ここらで退《ひ》くとしましょう」

「待てッ！」

逃がすまいと、俺は切り札だった神威《かむい》を発動させ、男との距離を一瞬で詰めたが……。

「――――次は、この世界が標的です」

男はそれだけ告げると、神威よりも速いスピードで、またも音や気配を感じさせないまま、消えてしまった。

あたりを警戒しつつ、俺は慌てて『俺』に近づく。

「お、おい！　しっかりしろ！　そ、そうだ、『完治草のジュース』なら……！」

すぐにジュースを取り出し、『俺』に飲ませようとすると、『俺』が震える手でそれを制した。

「も……もう、俺は助からない……」

「何でそんなこと言うんだよッ！」

「お、俺は……もう、死んでる……から……」

『俺』の言う通り、すでにその身は死んでおり、よく見ると血が流れていない。

それに、『俺』の体が、徐々に粒子となって消え始めていたのだ。

呆然《ぼうぜん》とする俺に対し、『俺』は力強い視線を向ける。

「い、いか。アレが……俺たちの、敵だ。次は、この世界を……狙いに来る……でも……もう、二度と……アイツらの思い通りには……させちゃ、ダメだ」

『俺』は優しく笑った。

「大丈夫……俺は、俺より強いから……俺は皆を、護ってね――」

最後にそう告げると、『俺』の体がすべて粒子状になり、俺の体を包み込みながら、そのまま空へ昇って、消えていくのだった。

エピローグ

「――ただいま戻りました」

そこは、不思議な空間だった。

数多《あまた》の銀河が空間を漂い、足元には様々な世界の人間の営みが、まるで映像のように流れ続けている。

その空間の中央には、異形の存在が。

『ジュル……グジュル……』

まずそれは、肉体と表現していいものなのか。

球形の物体に、まるで触手の管のようなものが無数に絡《から》まり、血管のように脈動している。

　すると突然、その管の一部が、空間に漂う銀河にまで伸びて突き刺さると、まるでストローで吸い上げられるように、その銀河は消えていった。

　吸い込まれた銀河は異形の存在の管を伝って、そのまま球体に吸収される。

　そして――――。


『……ア、あ……美味《うま》かった』


　突如、その異形は、人語を語った。

　不気味なこの状況を、のっぺりとした仮面の男は気にも留めず、そのまま話を続ける。

「それは大変よろしかったですね」

『それで、どうなった？』

　異形の問いかけに対し、男は答える。

「そうですね……失敗しました」

『ふむ……あの妖力や霊力は、余ですら手に入れられなかった力。それゆえに期待していたが……その程度だったか』

「ええ。駒にするまでもなかったかと」

『まあいい。それよりも、その世界はどうした？』

「それについてですが……そちらも少々妙なことになっておりまして……」

『妙なこと？』

「ええ。駒は別の並行世界にいた自分自身と戦ったのですが、その存在が駒以上の力を持っており、その上、我々も未知の力を利用しておりました」

『ほう？』

興味深そうに男の話を聞いている異形の存在。

すると、突然、球体に絡まりついていた触手や管が、収斂《しゅうれん》を始め、どんどん球体に吸い込まれていった。

そして、球体はどんどん圧縮されるように縮んでいき、やがて目の前の仮面男と同じサイズにまで小さくなる。

さらにそこから球体はその姿を変形させ、やがて人型に変わった。

徐々に頭、顔、体、手足といった順で形作られていき、最後には禿頭《とくとう》の筋骨隆々な男へと姿を変えたのだ。

「未知なる力とは……これはまた、奪いがいのありそうな世界だな。次こそは、奪えればいいのだが……」

こうして、優夜《ゆうや》たちの世界に、陰から未知なる脅威が忍び寄るのだった。

＊＊＊

優夜がもう一人の自分と戦っている頃、冥子《メイコ》は家の物置部屋を掃除していた。

「こ、これは……凄《すさ》まじいですね……」

元々、冥界で長い間封印されてきたこともあり、その出自から、大罪人たちから得た知識を数多く持つ冥子から見ても、優夜の家の物置部屋はとんでもない物で溢れていたのだった。

「……な、何なのですか、この空間は……」

「……やはり、お主から見ても凄まじいようじゃのぉ」

「あ、空夜様！」

物置部屋から放たれる気配に冥子が圧倒される中、空夜も様子を見るために物置部屋にやって来た。

「麿《まろ》も元々、この部屋の棚に置かれた巻物から復活したんじゃが……復活した時は失神するかと思ったぞ」

「そ、そこまでですか？」

「そりゃそうじゃろう。目を覚ましたと思ったらいきなり訳も分からぬ莫大《ばくだい》な力の奔流に晒《さら》されるんじゃ。驚かん方が無理じゃろう」

「そ、そうですよね……私も妖力や霊力関連の物なら分かるのですが……」

そう言って冥子が視線を向けた先には、まるでファラオが中で眠っているような棺《ひつぎ》が置かれていた。

「……あれ、中身入ってますよね？」

「入っておるじゃろうな。それも、とんでもない霊力の持ち主じゃ」

霊力を感じ取ることができる二人から見て、その棺から放たれる霊力はとんでもないものだった。

ただ……。

「恐ろしいのが、あの棺から感じ取れる霊力ですら、この部屋に渦巻く力の中ではごく一部でしかないという……」

「一体全体、何が置かれておるのやら……あの棺も含め、迂闊《うかつ》に触ると大怪我じゃ済まんじゃろう」

「で、ですよね。私たちには分からない力も数多くあるようですし……本当は掃除をしたかったのですが、触れない方がよさそうです」

「賢明じゃの」

そう言うと、二人は物置部屋から退散した。


——ただ、その時、二人は、微かに棺が動いたことに気づかなかった。


部屋から出ると、ふと冥子はあることを思い出す。

「そう言えば、あの部屋にある物ってご主人様のおじい様が集められてたんですよね？」

「そうらしいのぉ」

「ご主人様もですが、あの部屋を見て、何も感じないのでしょうか……？」

多少、魔力や妖力を持つ者であれば、物置部屋に渦巻く力の奔流に恐怖し、たとえ何の力を持たない者であったとしても、何かしらの違和感を感じ取ることはできるはずだ。

だが、優夜や部屋を作った夜之助《よるのすけ》は、まったく気にした様子がないのだ。

「優夜は分からぬが……夜之助は、実際に冥界で出会って分かった。ヤツは——恐ろしく鈍いんじゃ」

「え？」

予想外の言葉に、驚く冥子。

すると、空夜《くうや》も呆《あき》れたように続けた。

「麿も驚いたんじゃが、実際そうとしか言いようがない。なんせ、夜之助には力というものが何も備わっておらん。死んだことでほんの少しの霊力は手にしていたが、それも結局他の死者と同様、ただ死んだことで得たものに過ぎん。どこまでも普通の存在……それが夜之助じゃ」

「は、はぁ……」

「しかし、その普通さが異常なのじゃ。他の者なら、あの部屋の異様さを感じ取れるところが、ヤツは何一つ感じ取ることができなかったみたいじゃ。じゃからこそ、ヤツは恐ろしいほど鈍いと言ったんじゃよ」

「な、なるほど……」

「何にせよ、その鈍さのおかげで、麿の巻物もあの部屋に置かれ、巡り巡って……冥子、お主も救われたわけじゃ。まったく、人生はどうなるか分からんのお」

しみじみとそう締めくくる空夜に対して、冥子は頷《うなず》くことしかできないのだった。

＊＊＊

一方、その頃、異世界では……。

「時は満ちた」

【天聖祭《てんせいさい》】から数日が経《た》ち、『刀聖《とうせい》』シュウの元には、新たに数人の『聖《せい》』たちが仲間に加わっていた。

もはやこれ以上は待つだけ無駄だと判断したシュウは、ついに動き始める。

「さあ、始めようか。人類の管理を――――」

――――そしてまた、異世界でも不穏な気配が漂い始めるのだった。

卯年記念特別編　ウサギの日常

《――――ハァッ！》

世界にいくつか存在する危険地帯の一つ、【インセラルの森】。

凶悪な植物系の魔物と虫系の魔物が数多く生息しており、さらに蒸し暑い気候はこの地を訪れる生物の体力を容赦なく奪っていく。

そんな過酷な地域にて、ウサギは黙々と蹴りを放ち、近寄る魔物たちを蹴散らしていた。

「キキイイイ！」

《甘い》

その小さな体躯《たいく》からは想像もできない強烈な蹴りが、体長5メートルを優に超える巨大なカマキリ型の魔物……【キラーマンティス】の腹に炸裂《さくれつ》する。

ウサギの蹴りを受けたキラーマンティスは、その腹を中心に爆散した。

だが、群れで活動するこのキラーマンティスもただではやられない。

S級の魔物というだけあり、仲間がやられてもなお、群れの他の個体が冷徹にウサギを仕留めるべく動き始める。

そして、ウサギ目掛けて振り下ろされる鎌は、容易《たやす》く周囲の木々を斬り裂きながら突き進む。

《そうこなくてはな……！》

一見すると絶体絶命に見えるこの状況に、ウサギは草食獣らしからぬ獰猛《どうもう》な笑みを浮かべると、襲い来る鎌のすべてを蹴りで迎え撃った。

「キ⁉」

「キシャアアア⁉」

《遊びは終わりだ》

鎌で斬られないよう、刃の腹側を蹴り抜いたウサギ。

蹴られた勢いで無防備な腹を晒してしまうキラーマンティスたちに対し、ウサギは近くの一体に向かって突撃した。

そしてその一体の腹を、まるで足場にするかのように強烈な踏み蹴りを放った。

腹部を踏み抜いた勢いのまま、また別のキラーマンティスの腹に移動すると、再び同じ要領で踏み蹴るウサギ。

そんな攻撃を凄まじい勢いで連続して行った結果、キラーマンティスたちはすべて爆散し、息絶えた。

ウサギは周囲に飛び散る体液に触れないよう着地すると、一息つく。

《ふぅ……だいぶ慣れてきたな》

こうしてウサギが危険な場所に来て、戦っているのには理由があった。

その一つは、『聖』としての技を使うのではなく、基本的な技術のみで戦うための修行をすること。

これは過去世界でゼノヴィスから指導を受けた優夜の戦闘を目の当《ま》たりにしたことにより、技ではなく、もっと基礎的な技術を鍛えるべきだと悟ったからだった。

とはいえ、元々他の『聖』に比べ、技より基礎技術を磨いてきたウサギは、比較的早い段階でこの技術と技を融合した戦闘法を体得していた。

このように、戦闘技術を磨くための修行という面もあったが、一番の理由は別にあった。

それは……。

《さて……この奥地に【キング・キャロット】があるのか……》

そう、今日ウサギがこの地を訪れたのは、ここ【インセラルの森】でのみ採取することができる、【キング・キャロット】というニンジンを求めてのことだった。

《聞いた話では、天にも昇る美味《うま》さだとか……実に興味深い話だ》

ウサギはそう呟《つぶや》くと、無意識のうちに垂れそうになっていた涎《よだれ》を拭った。

《……気が早いな。それよりも、先ほどの魔物もそうだが……この調子で襲われるとなると、中々面倒だ。ここは少し、飛ばしていくか》

そう言うと、ウサギはぐっと足に力を入れる。

その次の瞬間、溜《た》めていた力を解放すると、ウサギは一気に上空へと跳び上がった。

《一息に奥地まで突っ切るぞ》

空中に飛び出したウサギは、そのまま森を見下ろせる位置まで到達する。

そこで体勢を変えると、空気を圧縮し、それを思いっきり蹴り抜いた。

こうして空気を足場にしたことによって、凄《すさ》まじい勢いで突き進むウサギは、森の奥を目掛けて飛んでいく。

途中、何体かの森の魔物たちが上空を飛翔《ひしょう》するウサギに気づいたものの、あまりの速さに反応することすらできなかった。

《さて、どこにあるのか……⁉》
目的のニンジンを探してウサギは、不意に感じた悪寒《おかん》にすぐさまその場で身を翻《ひるがえ》した。
その瞬間、たった今ウサギが通過しようとした位置を、何かが勢いよく過ぎ去っていく。
《なんだ？》
警戒しながらその物体の方に目を向けると、なんとそれは、森から伸びた木の蔓《つる》だった。
《ほう？　虫の次は植物か》
勢いを殺されたことで、自然落下していくウサギ。
そんなウサギを格好の的だと捉えたのか、森から鋭い木の蔓が次々と襲い掛かる。
《楽はできんというわけだな！》
ウサギは襲い来る蔓を上手《うま》く足場として利用しながら、蹴りを当てることで弾《はじ》き返した。
《硬いな……》
だが、今まで一撃で魔物を屠《ほふ》ってきたウサギの蹴りを受けてなお、木の蔓は破裂することなくただ弾き返されるだけで済んでいた。
そのことに若干驚きつつも、ウサギは笑みを浮かべた。
《面白い……ならば、これはどうだ？》
次の瞬間、ウサギの体が薄い魔力のオーラで覆われた。

《ふむ……ユウヤのように均等にとはいかんな……》
それは優夜《ゆうや》から魔法を学んだことで使えるようになった『魔装《まそう》』だった。
本人はその出来にあまり納得していないようだが、それでも魔力による身体強化には成功していた。
《さて、これでも耐えられるかッ！》
ウサギが力強く踏み込むと、足場にしていた木の蔓が、その一撃でへし折れた。
それほどまでの勢いで踏み込んだウサギは、木の蔓を辿《たど》ることで攻撃してきた主目掛けて突き進んでいく。
すると……。
《こいつか》
そこにあったのは、木の蔓が複雑に絡《から》まり合った、一つの球体だった。
まるで何かを守っているようなその球体は、無数の木の蔓を出現させると、再びウサギ目掛けて襲い掛かる。
それらすべてを華麗に避けながら、ウサギは、笑みを深めた。
《この魔物……昔の俺であれば、多少苦戦していたかもしれんな》
ウサギの言う通り、この木の蔓は魔物の一種であり、そのランクはSSランクに分類されている。『聖』の力を持たなければ相手をするのも難しい存在だった。

しかし、今のウサギは『聖』の力を使わず、その磨き抜いた技術と魔力のみで渡り合っている。

《残念だが、ここで時間を潰すつもりはない。終わらせるぞ》

そう言うや否《いな》や、ウサギは姿を消すと同時に木の蔓の球体の目の前まで移動していた。

これは天界で手に入れた神威《かむい》を使った身のこなしである。

今のウサギは、前々から持っていた力以外にも、新たな力も使いこなすことで強くなっていたのだ。

《ハアアアッ！》

こうして一瞬にして移動したウサギは、そのまま勢いよく球体に蹴りを叩《たた》きこんだ。

その瞬間、球体になっていた木の蔓は次々と千切れ、破裂していく。

そして……。

《む⁉》

すべての木の蔓が千切れ去ると、何と中から一本のニンジンが出てきたのだ。

予想外の事態に驚くウサギだったが、すぐに納得する。

《なるほど……こいつが【キング・キャロット】だったのか》

木の蔓という守りが消えたことで、宙に浮かび続けるニンジンを手にしたウサギ。

そのまま軽やかに着地すると、ウサギはニンジンを口に含んだ。

《……コイツは美味い。ここまで苦労してきたかいがあったな》

噂《うわさ》で聞いていた通りの味に、ウサギは満足そうにニンジンを食べていく。

そしてすべて食べ終えると、空を仰いだ。

《……これで終わりじゃない。他にも【スカイ・キャロット】や【ヘル・キャロット】など、俺の知らないニンジンがたくさん存在している……この調子ですべて制覇するか》

まだ見ぬニンジンに思いをはせるウサギ。

優夜や、同じ『聖』のイリスですら知らないウサギの日常は、グルメなものだった。

祝ウサギ年!!

あとがき

この作品をお手に取っていただき、ありがとうございます。

作者の美紅《みく》です。

第13巻ですが、まさか優夜《ゆうや》が並行世界の優夜と戦うことになるとは私自身も思っていませんでした。

そんな並行世界の優夜ですが、最初から彼が『妖力《ようりょく》』を扱えた世界線の存在なので、特に酷《ひど》い虐《いじ》めなどは体験していません。

他にも色々な世界線の優夜が存在しそうですが、そこら辺は私にも不明です。

並行世界の話だけでも大変ですが、ついに始まったスクールアイドル計画や、異世界でも妙な動きが起きていたりと、私自身もこれからどうなるのかまったく分かりません。

私も引き続き、優夜の活躍を楽しみにしています。

また、スピンオフのガールズサイドも第2巻が発売されました。こちらも非常に面白く、一読者としてもすでに続きが楽しみです。ぜひ、こちらも読んでいただけると嬉《うれ》しいです。

そして来月からはTVアニメの放送もスタートします。素晴らしいスタッフの皆様に支えられてここまできました。こちらもお楽しみに。

さて、今回も大変お世話になりました担当編集者様。

素晴らしいイラストを描いてくださった桑島黎音《くわしまれいん》様。

そして、この作品を読んでくださっている読者の皆様に、心より感謝を申し上げます。

本当にありがとうございます。

それでは、また。

美紅

富士見ファンタジア文庫

異世界《いせかい》でチート能力《スキル》を手《て》にした俺《おれ》は、現実世界《げんじつせかい》をも無双《むそう》する13
～レベルアップは人生《じんせい》を変《か》えた～

令和５年３月20日　初版発行
令和５年８月10日　５版発行

著者――美紅《みく》

発行者――山下直久
発　行――株式会社KADOKAWA
〒102-8177
東京都千代田区富士見2-13-3
0570-002-301（ナビダイヤル）
印刷所――株式会社KADOKAWA
製本所――株式会社KADOKAWA

ISBN978-4-04-074920-4 C0193　◆◇◇

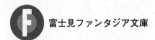

切り拓け！キミだけの王道
ファンタジア大賞
原稿募集中！
賞金
《大賞》300万円
《金賞》50万円
《銀賞》30万円
選考委員
細音啓 「キミと僕の最後の戦場、あるいは世界が始まる聖戦」
橘公司 「デート・ア・ライブ」
羊太郎 「ロクでなし魔術講師と禁忌教典《アカシックレコード》」
ファンタジア文庫編集長
前期締切 8月末日
後期締切 2月末日
公式サイトはこちら！ https://www.fantasiataisho.com/
イラスト／つなこ、猫鍋蒼、三嶋くろ